나를
위한
글쓰기

외국인을
위한
글쓰기
1

나를
위한
글쓰기

경희대학교 후마니타스 칼리지
외국인을 위한 글쓰기 교재 편찬위원회 지음

한 사람이 모국어가 아닌 다른 언어를 배운다는 것은 큰 도전이다. 하나의 언어에는 고유한 체계가 숨어 있을뿐더러 그 언어를 쓰는 사람들의 문화지형이 고스란히 담겨 있다. 언어를 배운다는 것은 새로운 언어체계와 그 언어를 쓰는 사람들의 문화지형을 함께 학습한다는 뜻이다. 언어를 도구적 관점이나 기능적 관점에서 접근하는 것은 총체적인 언어 학습이라고 할 수 없다. 한 언어를 배울 때에는 그 언어를 자신의 모국어와 끊임없이 비교하게 되고 그것을 통해 새로운 인식과 경험의 세계에 진입하게 된다.

언어 학습에서 가장 어려운 관문이 쓰기이다. 쓰기는 듣고 말하고 읽는 것을 넘어선다. 글쓰기란 비판적, 성찰적, 종합적, 창의적 능력이 유기적으로 결합된 행위이다. 뭔가 쓸거리가 생기는 순간부터 인간은 주체적 개인으로 서기 시작한다. 글에는 글쓴이의 경험과 문제의식이 그대로 드러난다. 모든 교육의 궁극 목표는 '자기 언어 갖기'이다. 자기 언어를 갖는다는 것은 개인이 세계와 맞설 수 있는 힘이 생겼다는 뜻이다.

글쓰기는 끝없는 수행과 같다. 어느 순간 완성되지도 종료되지도 않는다. 자전거 타기처럼 어떤 기능을 익히면 학습이 종료되는 것과는 본질적으로 다르다. 약간의 지성을 갖춘 사람이라면 성찰하는 사람만이 진심으로 타인을 만나고 세계와 대화할 수 있음을 알 것이다. 글쓰기는 자신과 세계에 대한 발견이자 증언이다. 글쓰기를 통해 개인은 독자적인 시선을 확보할 수 있다. 그 시선은 타인과 소통할 때 더욱 예리하게 다듬어진다.

그런데 현행 대학 글쓰기는 글쓰기 교육을 충분히 받지 않은 학생들에게 곧바로 학술적 글쓰기를 요구하고 있다. 자신의 시선을 확보하도록 돕기보다는 타인의 시선을 얼마나 빨리 흡입했는지를 우선시한다. 학술적 글쓰기에 필요한 논리력과 비판력이라는 것도 결국은 자신과 세계에 대한 관찰과 성찰, 음미와 재구성 능력을 바탕으로 한다. 자기 삶에 대한 성찰과 음미는 세계와 진심으로 화해하거나 창조적으로 불화할 수 있는 힘을 길러 준다.

나와 세계와의 관계 설정을 고민하지 않는 글쓰기는 죽은 글쓰기이다. 글쓰기는 세계를 통찰하고 나와 우리가 누구인지 알려는 몸부림이다. 이 세계에 던져진 나에게는 어떤 삶과 경험이 쌓여 있는지, 우리의 세계는 어떤 가치와 과제를 안고 있는지, 그것이 나의 삶과 어떻게 연결되어 있는지를 고민하고 그것을 자기 언어로 표현하는 것이 글쓰기 교육의 본질적인 목표이다.

그동안 글쓰기 교육의 이러한 목표는 제대로 성취되지 못했다. 이는 외국인 유학생의 글쓰기 교육에서 더욱 심각하다. 오늘날 외국인 유학생을 위한 글쓰기 책들은 대부분 글쓰기의 기능적 측면을 강조할 뿐, 글쓰기를 통해 자기 삶을 성찰하거나 자신의 문화와 한국의 문화를 비판적으로 이해하도록 이끄는 데까지 나아가지 못하고 있다.

이 책은 외국인 유학생들이 자신의 삶과 경험을 한국어로 사유하고 표현하는 연습을 할 수 있도록 구성했다. 이를 위해 이 책은 '느리게 가기'를 선택했다. 지나치게 많은 학습 내용을 나열하지 않고 다섯 가지의 주제에 집중했다. 이론과 기법을 먼저 주입하는 기존 방식에서 탈피해, 학생이 자신의 체험을 자연스럽게 풀어 나가는 방식을 채택했다. '내가 사랑하는 것, 최고의 순간, 나를 슬프게 하는 것, 내가 닮고 싶은 사람, 타인과 나'라는 다섯 개의 주제를 통해 자신의 구체적 삶을 여러 각도에서 접근한다. 타인이 쓴 글을 분석하거나 추리하고 자신의 '잊어버린 과거와 현재'를 재음미하게 된다. 이 과정에서 '오늘의 나'를 있게 한 다양한 관계들이 새롭게 발견될 것이다.

각 장은 자신의 경험과 생각을 끄집어내고 흐름에 맞게 글로 구성하며 그것을 동료들과 공유하면서 다듬는 과정을 밟도록 짰다. 모든 글은 화제를 정하고 아이디어를 구성하며 글감을 찾아 흐름에 맞게 쓰는 능동적이며 창조적인 작업이다. 또한 자신의 글을 동료들과 함께 읽으며 글의 문제를 경청하고 이를 글에 반영하는 소통의 작업이다. 글쓰기에서 초고를 쓰는 일보다 수정이 더 중요하다. 많은 학생이 그 과정을 밟지 않아 완성도가 떨어지는 글을 쓴다. 이 책은 글을 구성하고 다듬어 가는 과정에 보다 초점을 두었다.

우리 모두에게는 무수히 많은 이야기가 있다. 글쓰기는 삶 읽기이자 삶 쓰기이다. 우리 모두는 각자 독특한 하나의 세계이자 우주이다. 외국어로 한국어를 배우는 학생들에게 글쓰기가 작은 위안이자 한국 사회에 '또 다른 시선과 목소리'가 가능하다는 것을 보여 주는 기회이길 바란다. 그래서 자신이 속한 사회나 한국 사회에 대한 무조건적인 흠모나 근거 없는 거부감에 빠지지 않기를 빈다. 서로 다르다는 것을 확인하는 과정 속에서 보편적 인간성이 추구되기를 기대한다. 이 과정을 통해 우리 모두가 서로 동시대인임을 확인하자. 인간 사회는 여러분들의 '또 다른 시선과 목소리'를 절실히 요청하고 있다.

2012년 2월
저자들이 함께 씀

차례

이 책의 각 장은 모두 네 마당으로 되어 있다. 첫째 마당부터 셋째 마당까지는 학생들이 해당 주제에 관한 글을 읽어 가며 자신의 생각을 정리하고, 마지막 넷째 마당에서 스스로 한 편의 글을 완성하는 과정을 밟게 된다.

첫째 마당 ~ 셋째 마당

앞선 세 마당은 글이 하나씩 제시되어 있으나, 단순한 읽기 활동에 목적을 두는 것은 아니다. 각 마당은 읽기의 전후 활동을 다양하게 담고 있다. 주제에 대해 토론하면서 생각을 키우는 한편, 글을 효과적으로 읽는 전략을 익힌다. 또한 간단한 쓰기 활동을 통해 다양한 유형의 글쓰기 훈련, 내용 전개 훈련을 하게 된다. 세 마당은 다음과 같이 구성되어 있다.

제시 글에 앞서 이루어지는 세 가지 '읽기 전 단계 활동'은 모둠 활동으로 진행하는 것이 좋다.

● 주제에 대해 생각해 보기
제시 글의 주제와 관련된 2~3개의 질문을 통해 학생들의 생각을 먼저 이끌어낸다.

● 훑어보기
제목과 맨 앞뒤 일부 문단만을 읽어, 글의 화제와 구성, 전반적인 분위기를 파악하게 한다.

● 내용 예측하기
앞의 두 활동을 토대로 글의 핵심 주제가 무엇일지, 본문이 어떻게 진행될지 짐작해 보게 한다.

● 제시 글
다소 넓고 추상적인 장별 주제 중 하나의 화제를 구체화한 글이다. 수업 시간에 직접 읽어 내려갈 수도 있고, '읽기 전 단계 활동'이 마무리된 상황이라면 읽기 숙제로 부과해도 상관없다. 다만 새로운 어휘, 표현 등을 설명하면서 많은 시간을 할애하는 것은 이 책의 의도와 맞지 않는다. 글의 핵심과 흐름을 포착하는 것이 우선이다.

● 내용 확인하기

제시 글의 내용을 제대로 파악하였는지 점검하는 3~5개의 질문이 제시되어 있다. 밑줄 부분에 학생들이 답안을 직접 쓰게 하는 것이 좋다. '자신의 표현으로'라는 지시가 없더라도 원문 표현에 최대한 변화를 주어 작성한다면, 간단한 작문 연습으로 충분히 활용할 수 있다.

● 읽기 전략 / 쓰기 전략

각 마당의 핵심이 되는 마지막 부분은 제시 글을 토대로 다양한 읽기 전략, 쓰기 전략을 익히고 연습하는 단계이다. 설명과 함께 실제 진행 과정을 보여 주는 사례가 제시되어 있고, 학생들 스스로 이를 따라하고 응용할 수 있도록 소과제가 주어진다. 셋째 마당의 경우, 앞서 다룬 전략을 종합적으로 활용하는 데 집중하기도 한다. 소과제는 수업 시간 활동으로 활용할 수도 있고 숙제로 부과할 수도 있다.

넷째 마당

넷째 마당은 장별 주제에 대해 스스로 한 편의 글을 작성하는 데 초점을 둔다. 장마다 동일한 글쓰기 절차를 밟아 가되, 5문단, 7문단, A4 한 장으로 점차 글의 분량을 늘려 간다. 각 장의 브레인스토밍 과정에는 해당 주제를 구체화하는 데 도움이 되는 3~4개의 질문이 제시되어 있다.

'발상하기' 단계부터 '개요 작성하기' 단계까지의 시간을 충분히 갖는 것이 중요하다. 제1장 넷째 마당 뒤에는 초고 작성 전까지의 글쓰기 과정을 예시하고 있다(44~45쪽). 초고의 완성도를 높이기 위해 개요만 작성한 상태에서 피드백 단계를 가질 수도 있다. 처음 쓴 글은 반드시 수정 과정을 거치도록 한다. 제시된 평가표에 따라 자신의 글을 스스로 점검할 수도 있지만, 가급적 모둠 활동을 통해 학생들끼리의 합평 기회를 갖는 것이 좋다. 이 경우 평가표를 따로 복사하여 모둠 평가지로 사용할 수 있다. 학생들이 평가에 익숙하지 않거나 자신 없어 한다면 제4장 셋째 마당 '고쳐 쓰기'의 사례를 먼저 검토해도 좋다.

남의 글이 아닌 자기 글을 쓰자

글쓰기란 '자신의 생각과 느낌'을 글로 '솔직하게 표현'하는 것이다. 모든 글은 나의 이야기이다. 모든 종류의 글에는 글쓴이의 세계관과 시선이 드러난다. 남의 생각에 기대지 말고 자신의 생각, 느낌, 경험, 판단을 보여 주려고 하라. 독자는 당신의 글을 읽을 때 '그래서 너의 생각은 뭔데?' 하면서 읽는다. 당신만의 독자적인 시선을 보고 싶어 한다. 다른 사람이 아닌, '내'가 글을 쓰는 이유는 나만이 할 수 있는 이야기가 있기 때문이다. 나를 제대로 바라보고 나를 스스로 증언할 수 있을 때 비로소 타인과 공감할 수 있다. 자신의 아픔을 바라보지 않고 타인의 아픔에 공감할 수는 없다. 그러니 상투적인 생각이나 진부한 등식(어머니 = 사랑!)을 피하라. 모든 사람이 비슷하게 하는 이야기는 백과사전이면 족하다. 남의 생각을 이리저리 편집해 놓은 듯한 글을 쓰지 말라. 자신의 생각과 느낌을 믿고 독자에게 자신 있게 말하라.

두려움을 버리고 용기를 가지자

두려워하고 걱정할 시간에 어떻게든 글을 시작해 보라. 생각하는 것은 글쓰기가 아니다. 글을 쓰는 순간이 글쓰기이다. 두려움은 욕심의 크기에 비례한다. 멋진 문장, 세상을 뒤흔들 주제, 완벽한 논리를 담은 글을 쓸 욕심을 버리라. '나도 글을 쓸 수 있다'는 용기만 있으면 글을 쓸 수 있다. '이번에는 실패했지만 다음에는 잘 쓸 수 있다'는 여유로움이 있으면 글을 쓸 수 있다.

쓰고 또 쓰자

글쓰기는 글쓰기를 통해서만 배울 수 있다. 반복된 연습만이 글을 잘 쓰는 비결이다. 글을 쓰지 않고 글쓰기를 배울 수 있는 방법은 이 세상에 없다. '반복된 연습'에는 엄청난 고통이 따른다. 아무렇게나 글을 쓰는 게 아니라, 주제를 정해서 생각을 정리하고 글의 흐름을 잡고 수많은 글감을 찾아내어 쓰는 연습을 해야 한다. 이런 연습은 실제로 고통스럽다. 미안한 얘기지만 이 고통은 다른 사람이 대신할 수도 없다. 비켜갈 수도 없다. 맞서라.

생각하고 쓰지 말고, 쓰고 나서 생각하자

글쓰기의 놀라운 힘은 글을 쓰는 동안 더 많은 생각, 색다른 생각, 생각지 못했던 생각이 떠오른다는 사실이다. 생각만으로 글을 쓸 수 없다. 글을 쓰면서 생각을 하라. 그래서 메모가 중요하다. '무엇을 쓸까, 어떻게 쓸까'를 머릿속에서만 생각하지 말고 종이에 쓰라. 그러면 더 좋은 생각이 떠오를 것이다.

쉽고 간결하게 쓰자

쉽고 간결하게 써야 한다는 말이 몇 개의 단어만으로도 충분하다는 뜻은 아니다. 글을 잘 쓰려면 적절한 단어를 선택할 줄 알아야 한다. 다만 불필요하게 현학적인 표현이나 단어를 남발하는 것을 자제하라. 좋은 글은 독자가 나의 생각을 분명하게 이해할 수 있는 글이다. 다시 말해 '한 번에 쉽게 읽히는 글'이다. 내용의 흐름이 자연스럽고 문장도 읽는 순간 이해가 되도록 다듬어야 한다. 한 번 읽고 다시 읽어야만 이해되는 글, 두 개 이상으로 해석되는 문장은 좋지 않다.

고치고 또 고치자

최종본이란 없다. 자신의 글은 항상 부족하며 미완성이라는 생각을 가져야 한다. 글재주를 타고난 사람은 없다. 펜을 잡자마자 단숨에 한 편의 좋은 글을 쓰는 사람은 없다. 초고가 최종본인 글이 좋은 글인 경우는 없다. 글은 자기 생각의 구조를 보여 주는 것이다. 쓰고 싶은 내용을 하나의 틀로 구성해야 한다. 생각의 구조는 늘 가다듬어져야 한다. 문장도 늘 수정되어야 한다. 어려운 말이나 복잡한 문장을 쓰지 말아야 한다. 수식어가 많은 문장은 수식어를 지워야 한다. 부사가 자주 쓰인 문장도 좋지 않다. 글의 집약성을 떨어뜨린다. 동어 반복이나 문장 오류를 피해야 한다. 쓴 글을 소리 내어 다시 읽고 꼼꼼히 수정하라. 자기 글을 다시 읽고 문제를 찾아 고치는 과정은 글의 수준을 빠르게 향상시키는 방법이다.

자기 글의 나쁜 버릇을 찾자

자리에 앉기만 하면 다리를 떠는 사람들이 있다. 대부분은 습관이 되어 자신이 다리를 떠는지도 모른다. 이런 사람들은 다리를 떠는 것이 도리어 자연스럽다. 마찬가지로 자기 글의 나쁜 버릇을 알아차린다는 것은 말처럼 쉬운 일이 아니다. 글의 수준을 한 단계 높이려면 자신의 나쁜 글버릇을 찾아야 한다. 방법은 의외로 쉽다. 자신이 쓴 글 몇 편만 세밀하게 읽어 보면 된다. '것이다'가 자주 반복된다든지, '너무'가 많다든지, '것 같다'가 빈번히 쓰인다든지, 한 문장에 수식어가 과하다든지 하는 것을 찾아보라. 그것만 고쳐도 여러분의 글은 쉽고 간결해진다.

구체에서 추상으로 향하게 쓰자

구체적으로 쓰려고 하라. 언어는 본질적으로 추상적이다. 언어는 개별 사물의 차이를 무시하고 하나의 단어로 묶어 버린다. 나뭇잎이 '나뭇잎'으로 불리면 각기 다르게 생긴 나뭇잎은 모두 무시된다. 이런 언어의 성격을 안다면 글을 최대한 구체적으로 쓰려고 하라. '나무'라고 하지 말고 '소나무, 전나무, 밤나무, 아카시아'라고 하라. '책이 엄청 많다'고 하지 말고 '27만 권'이라고 하라. 추상은 비어 있다. 모든 사람이 긴장 없이 공유하는 추상화와 일반화에 머물지 말고 구체의 세계로 몸을 던져라. 당신이 경험한 구체적인 현상, 구체적인 사건, 구체적인 사람 속에서 추상적인 생각과 느낌을 끌어내라.

자세히 관찰하자

구체에서 추상으로 향하기 위해서는 반드시 관찰이 필요하다. 자세한 관찰은 새로운 생각의 출발점이다. 사물이든 사람이든 사건이든 대상을 자세히 관찰하지 않고서는 독창적인 글을 쓸 수 없다. 관찰은 그저 외면적인 형체만 보라는 뜻이 아니다. 잠깐 쳐다보아서도 안 된다. 오감을 총동원하고 자세를 바꿔 보기도 하고 시선을 달리해서 봐보라. 관찰은 대상에 대한 전면적인 몰입이자 집중이고 음미이다. 그럴 때 낯익은 것에서 낯선 것이 솟아오른다.

쓰기 위해 읽자

나의 생각은 타인의 생각이 쌓인 것이다. 내 속에는 이미 수많은 타인이 들어와 있다. 부모에서 시작하여 친구, 선배, 선생님의 목소리가 나를 이루고 있다. 우리가 학습하는 이유는 이러한 타인의 목소리가 직접적인 경험의 한계를 뛰어넘기 위해서이다. 시간과 공간을 뛰어넘어 많은 사람의 목소리를 들어야 한다. 그래서 책 읽기를 하는 것이다. 책을 읽고 감명 받고 정보를 얻는 것으로 끝내지 말고, 쓰기 위한 읽기로 확장해 보라. 쓰기 위해 읽을 것은 끝이 없다. 책뿐만 아니라 신문, 잡지, 텔레비전, 광고, 간판, 낙서, 안내판, 이 모든 것이 쓰기의 재료이다. 훨씬 깊고 넓은 자신만의 목소리를 낼 수 있을 것이다.

첫 문장을 고민하자

첫 문장이 글의 전부는 아니다. 그러나 첫 문장은 이후의 내용을 예측하게 하는 안내판이긴 하다. '코시안(Kosian)'에 대한 자기 생각을 펼치는 글을 쓴다고 생각해 보자. '한국의 경제가 발전하고 국제 사회에서 위상이 높아짐에 따라 한국 사회로 국제 이민자들의 유입이 증가하고 있다.'나 '유전학적으로나 역사적으로 그 근거가 희박한데도, 자신들이 단일민족이라는 믿음은 줄곧 한국인 스스로의 정체성을 규정하는 생각으로 자리 잡고 있다.'로 시작하는 글보다, '백인 아이가 흑인 여성의 젖을 물고 있다. 몇 년 전 발표되어 큰 반향을 일으킨 베네통 사의 인쇄 광고다.'라거나 '"국적 따위는 개에게나 줘 버려!" 일생을 '단일민족'의 일원으로서의 자긍심과 '조국 수호'의 열띤 가슴을 품고 살아온 한국 국민들에게 재일 작가 가네시로 가즈키가 'GO'라는 소설에서 충격적인 일갈을 내뱉는 구절이다.'라는 식으로 시작한 글이 더 매력적으로 읽힌다. 이후에 이야기를 풀어가는 과정이 어떠할지 예상할 수 있기 때문이다. 첫 문장, 즉 도입부를 어떻게 시작할지 고민하라.

제1장

내가
사랑하는
것

첫째
마당

주제에 대해 생각해 보기

다음에 대해 이야기해 보자.

1. 여러분은 애완동물을 키워 본 적이 있는가?

2. 최근 들어 '반려동물(伴侶動物)'이라는 말을 많이 쓰는 것은 왜일까?

3. 여러분은 첫인상, 첫 느낌을 얼마나 신뢰하는 편인가?

훑어보기

다음 글의 제목과 첫 문단, 마지막 문단을 읽어 보자.

내용 예측하기

다음에 대해 상상하여 이야기해 보자.

1. 개에 대한 글쓴이의 첫인상은 왜 바뀌었을까?

2. 글쓴이가 개와 함께 지낸 6년 동안 어떤 일이 있었을까?

나의 개

① 처음 우리 집에 왔을 때 나의 개는 갓 태어난 강아지였다. 푸들종이라고 했다. '그렇다면 그의 조상들은 그 옛날 빈 Wien. 오스트리아의 수도 의 높으신 귀족들 슬하에서 귀여움을 독차지하던 애완견일지도 모르는 일. 겉모습도 귀족적인 냄새를 물씬 풍기지 않는가.' 하고 나는 생각했다. 그러나 그뿐이었다. 자라면서 겉모습 말고 귀족적인 면모라고는 털끝만큼도 찾아볼 수 없었으니. '피. 귀족의 귀여움을 독차지하기는커녕 마부의 통나무 마차에 실려 다니는 찬밥 신세나 아니었으면 다행이었겠다.' 하고 나는 생각을 바꾸었다.

② 그건 그렇고 내 경험에 따르면, 운명이 우리 삶에 화를 가져다 주고자 할 때는 전혀 해가 없는 것처럼 보이는 조그만 선물들을 이용하는 듯하다. 강아지를 선물받던 날, 나는 이 강아지가 그런 선물은 아닌지 의심해 봤어야 했다. 그러나 처음 만나던 날 나는 자못 들뜬 나머지 강아지가 내게 친구 같은 존재가 되어 줄 것이라고, 조금만 노력을 기울이면 인생의 즐거운 동반자로 만들 수 있을 것이라고 생각했다. 그러면 나도 조금이나마 외로움을 덜 수 있겠지, 함께 삶을 나누다 보면 서로에게 도움이 되겠지 하고 말이다.

③ 이제 강아지는 많이 자랐다. 푸들종으로 그 정도 자랐으면 다 자랐다고 볼 수 있다. 그러나 그 강아지는 내가 바라던 이상적인 개로 자라 주지 않았다. 나의 개는 뭐랄까 독특한 개성(?)을 지니고 있었다. 개는 유독 나에게만 냉정하고 인색했다. 처음에 나는 그것을 그의 가문은 고상하고 나의 가문은 비천하기 때문이라고 짐짓 위로했다. 나 역시 허구한 날 내 꽁무니를 쫓아다니며 꼬리나 치는 개는 싫었으니까. 멀찌감치 떨어져 있어도 사람처럼 미소 지어 주는 개, 나는 그런 개를 원했다.

④ 나의 개가 내게 처음으로 이빨을 보이던 날, 나는 그리 심각하게 생각하지 않았다. 그래서 살짝 웃으며 머리를 쓰다듬어 주었다. 그런데 그 순간 갑자기 내 손목을 날카롭게 무는 것이 아닌가.

⑤ 그때 나는 나무 밑에 앉아 있었는데, 이끼 위로 핏방울이 뚝뚝 떨어졌다. 나는 화를 내려고 했다. 그러나 이상하게도 화가 나지 않았다. 그저 슬프고 경악스러울 따름이었다. 그때 내가 즉각 어떤 결정적인 조치를 취해야 했을까? 때리거나 밀가루를 뿌리거나……. 그로써 일이 '해결'되었을지도 모른다. 그러나 '해명'되지는 않았을 것이다. 나는 나의 개가 평소 얼마나 유순한지 알고 있었다. 누구에게 해를 가하는 법이 없었다. 그러니까 '주인' 외에는 말이다. 결코 파리나 나비를 잡아먹지 않았으며, 겁먹은 두더지가 날카로운 소리를 지르며 도로 위를 쏜살같이 지나갈 때도 잡으려고 하기는커녕 두더지를 코로 밀어 주어 두더지의 '도주'를 돕기까지 했다.

⑥ 그랬다. 그때 나는 손을 물리고도 가만히 있었다. 그리고 그 일 이후 우리는 그럭저럭 아무 일 없이 지냈다. 그런데 어느 순간부터인가 나는 이 개가 나의 죗값으로 내게 보내졌다고 생각하게 되었다. 아마도 내가 전생에 누군가를 개처럼 취급해서 이제 이 개에게 그에 마땅한 대접을 받고 있는 것이라고 말이다. 그리고 여태껏 이런 해석이 믿을 만한 것이라고 생각해 왔다.

⑦ 그렇다면 나의 개는 전생에 아주 점잖고 매력적인 신사였는지도 모른다. 처음 우리 집에 왔을 때 도통 음식을 입에 대지 않았다. 그래서 나는 무슨 음식을 줄까 꽤 고민을 했다. 내 딴에는 음식에 신경을 쓴다고 썼건만, 개는 줄곧 아무것도 입에 대지 않았다. 어떻게 하다가 아주 우연히 음식을 하얀 주발에 담아 식탁보 위에 놓아 주기 전까지는 말이다. 음식의 종류는 상관없었다. 중요한 것은 식기와 식탁보였다. 아니 안 먹는 것도 있기는 했다. 훈제한 닭 그리고 이성에 도움이 안 되는 달콤한 군것질거리…….

⑧ 그나저나 나의 개는 독일어는 전혀 못 알아듣는 것 같다. 아니, 내가 구사하는 독일어보다 더 수준 높은 독일어만 알아듣는 것일까? 나는 나의 개를 위해 표정과 몸짓으로 소리 없는 언어를 구사한다. 내게는 낯선 언어지만, 오히려 그쪽이 내 말을 잘 알아듣는 듯하다.

⑨　하늘은 얼마나 더 오래 나의 죗값을 물으실까? 나는 나의 개를 볼 때마다 꼭 나의 나쁜 양심이 개의 네 다리에 실려 있는 것만 같다. 나의 개는 곧 만 여섯 살이 된다. 그리고 앞으로 족히 6년은 더 살지도 모른다. 나의 인생은 얼마나 남았을까? 아마도 내 개가 나보다 더 오래 살지도 모르겠다. 그러면 나의 마지막 가는 길에 검은색 푸들 한 마리나마 곁에 있게 되겠지. 아마도 마지막에는 우리 둘이 진정한 화해를 하게 될지도 모른다. 우리를 얽어매고 있는 어떤 끈으로부터 풀려나게 될지도⋯⋯.

───

카를 하인리히 바게를 지음·유영미 옮김, 『내가 사랑하는 것들』, 미래 M&B, 2000, 20~24쪽.

내용 확인하기

다음 질문에 답을 써 보자.

1. 개를 처음 만났을 때 글쓴이는 어떤 기대를 했는가?

_____

_____

2. 개가 글쓴이를 물었을 때의 상황을 간단하게 정리해 보자.

_____

_____

3. 글쓴이의 개는 어떤 점에서 여느 개와 다른가? 각 내용을 찾아 나열해 보자.

(1) 주인에게만 냉정하고 인색하며, 주인을 물기까지 한다.

(2) _____

(3) _____

4. 글쓴이가 개를 자신의 "죗값으로"(문단 ⑥) 보내진 것이라 생각한 이유는 무엇일까?

_____

_____

분석적 읽기: 구성을 분석하여 흐름을 파악하라

글을 읽을 때는 핵심을 파악하는 것이 중요하지만, 읽는 과정이 단순한 핵심 파악에 그쳐서는 안 된다. 글의 구성을 따라 의미를 분석할 때 비로소 글쓴이의 의도나 목적을 분명히 알 수 있고, 나아가 그 글을 토대로 생각을 확장할 수 있으며, 글 자체를 평가할 수 있다.

좋은 글은 독자에게 친절하다. 글 전체의 의미를 파악하기 좋은 구성을 가지고 있으며, 각 문단은 나름의 이야깃거리와 역할을 가지면서 서로 긴밀하게 연결되어 있다. 일반적으로 글은 '머리말-본문-마무리'로 나뉜다. 머리말은 독자의 흥미를 유도하면서 전체 글의 방향을 제시해야 한다. 본문은 충분한 내용으로 이야기를 풀어가되 통일성을 잃지 말아야 한다. 마지막으로 마무리는 그 글을 통해 글쓴이가 말하려는 바가 정리되어야 한다.

따라서 글을 읽은 후에는 다음과 같은 질문을 통해 글 전체의 의미를 분석하는 과정이 필요하다. 이 질문에 답하다 보면, 자연스럽게 글의 구성을 평가할 수 있을 것이다.

머리말 • 글의 내용이 어떤 방향으로 갈지 미리 알려 주고 있는가?

어느 부분이 그 역할을 하는가?

• 머리말의 주제문이 한 문장으로 드러나는가?

그렇다면, 그 부분은 어디인가?

그렇지 않다면, 머리말의 주제는 어떻게 요약될 수 있는가?

본문 • 본문은 몇 문단으로 이루어져 있는가?

• 각 문단의 중심 문장이 명확하게 드러나는가?

그렇다면, 중심 문장에 밑줄을 그어 보자.

• 명백한 중심 문장이 없다면 핵심 주제문을 스스로 만들어 보고,

앞에서 찾은 중심 문장도 자신의 표현으로 다시 작성해 보자.

• 각 문단의 주제문이 어떤 내용으로 뒷받침되고 있는가?

마무리 • 이 글에서 글쓴이가 말하려는 바가 나타나 있는가? 어느 부분에 드러나는가?

  • 글 전체를 관통하는 핵심어는 무엇인가? 마무리에 핵심어가 나타나는가?

앞의 글 〈나의 개〉에 대하여 위의 질문을 검토해 본 것이다. 빈칸을 채워 보자.

머리말 • 글의 내용이 어떤 방향으로 갈지 미리 알려주고 있는가?

  어느 부분이 그 역할을 하는가?

  마지막 문장의 "~하고 나는 생각을 바꾸었다."

  • 머리말의 주제문이 한 문장으로 드러나는가?

  그렇지 않다.

  그렇다면, 그 부분은 어디인가?

  그렇지 않다면, 머리말의 주제는 어떻게 요약될 수 있는가?

  갓 태어나 우리 집에 온 강아지, 그 강아지에 대한 내 첫인상은 오해에 불과했다.

본문 • 본문은 몇 문단으로 이루어져 있는가?

  9 문단

  • 각 문단의 중심 문장이 명확하게 드러나는가? 그렇다면 중심 문장에 밑줄을 그어 보자.

  제3 문단: _____

  제5 문단: _____

  제6 문단: 나는 이 개가 나의 죗값으로 내게 보내졌다고 생각하게 되었다.

  • 명백한 중심 문장이 없다면 핵심 주제문을 스스로 만들어 보고, 앞에서 찾은
  중심 문장도 자신의 표현으로 다시 작성해 보자.

  제1 문단: _____

  제2 문단: 나는 이 개가 친구 같은 존재가 되어 주리라 기대했다.

  제3 문단: 개는 주인인 내게만 인색하게 굴었다.

  제4 문단: 어느 날, 개의 머리를 쓰다듬자 개는 내 손목을 물어 버렸다.

제5 문단: _____

제6 문단: _____

제7 문단: 개는 식사 습관도 까다로웠다.

제8 문단: _____

제9 문단: _____

- 각 문단의 주제문이 어떤 내용으로 뒷받침되고 있는가?

제1 문단: _____

제2 문단: (자신이 개에게 걸었던 기대를 인용을 통해 상술함)

제3 문단: 개의 인색함에 대해 나 스스로 위로하는 방식을 선택하였다.

제4 문단: (개가 손목을 문 당시의 상황을 설명함)

제5 문단: _____

제6 문단: _____

제7 문단: 개는 식탁보를 깔고 주발에 음식을 담아주어야만 먹고, 군것질거리도 좋아하지 않는다.

제8 문단: _____

제9 문단: _____

마무리
- 이 글에서 글쓴이가 말하려는 바가 나타나 있는가? 어느 부분에 드러나는가?

"나의 마지막 가는 ~ 하게 될지도 모른다."

- 글 전체를 관통하는 핵심어는 무엇인가? 마무리에 핵심어가 나타나는가?

죗값, "하늘은 얼마나 더 오래 나의 죗값을 물으실까?"

종합적으로, 〈나의 개〉의 구성과 흐름이 글의 의미를 파악하는 데 도움이 되는지 평가해 보자.

비판적 읽기: 생각을 확장하고 글을 평가하라

글쓴이의 의도나 목적은 글의 성격에 따라 달라진다. 개인적인 삶을 중심으로 생활 속에서 느끼는 감정과 생각들을 담아내는 글은 궁극적으로 자기 성찰을 위한 것이지만, 독자 입장에서 보면 '공감'을 위한 것이기도 하다. 독자는 다른 사람의 글을 읽으며, 자아와 세상을 바라보는 다른 시선, 다른 깨달음을 접하고 마음을 움직이게 된다.

구성 분석을 통해 글 전체의 의미를 파악했다면, 다음과 같은 질문을 던져 보자.

---

1. 글쓴이의 생각에 공감할 수 있는가?

마음을 움직이는 가장 큰 무기는 진정성이지만, 그러려면 우선 글을 통해 글쓴이의 상황과 생각, 감정이 충분히 전달되어야 한다.

- 상황 설명이 부족하지 않은가?
- 느낌이 단편적 표현에 그치지 않았는가?
- 자신의 생각을 강요한다는 느낌을 주지는 않는가?

2. 나라면 어떤 생각을 했을까?

동일한 대상이나 현상 앞에서 모든 사람들이 같은 생각을 하는 것은 아니다. 글쓴이와 같은 상황에 있을 때 나라면 어떻게 생각하고, 어떻게 느끼고, 어떻게 행동했을지 생각해 보자.

- 글쓴이의 관점은 어떤 점에서 특징적인가? 어떻게 알 수 있는가?
- 나와 생각이 다르다면, 다른 점은 무엇이며, 왜 그러한가?

여러분이 키우게 된 개가 〈나의 개〉에서처럼 "내가 바라던 이상적인 개로 자라 주지 않"는다면 여러분은 어떤 생각을 할까? 한 문단의 글로 간단하게 써 보자.

둘째
마당

주제에 대해 생각해 보기

다음에 대해 이야기해 보자.

1. 혼자 자취하는 학생의 살림살이에는 어떤 것이 있을까?
2. 여러분은 최근 6개월간 어떤 책을 읽었는가?
3. 아끼는 것을 스스로 떠나보내거나 버린 기억이 있는가?

훑어보기

다음 글의 제목과 첫 문단, 마지막 문단을 읽어 보자.

내용 예측하기

다음에 대해 상상하여 이야기해 보자.

1. 제목에 나오는 숫자 419는 무엇을 의미할까?
2. 글쓴이는 왜 책을 실어 보내야 했을까?

419 도서관을 닫으며

① "꼭 선방 같아요."

그동안 내 방에 왔던 사람들은 단출한 살림살이를 보고 늘 이렇게 말했다. 여기 베이징에서도 최대한 간단하게 살았다. 옷은 계절별로 2~3벌, 컵, 그릇 등도 1~2개씩, 가방도 하나, 구두와 운동화도 각각 딱 한 켤레로 지냈다. 샤워 커튼은 기어이 사지 않았다. 내가 생각해도 지독하다. 이런 내게도 나만의 호사가 있다. 바로 책호사다. 잠시라도 한곳에 머물게 되면 책만은 산처럼 쌓아 놓고 지내는데 여기서도 그랬다. 내 방 한쪽 벽을 다 차지하고 있는 120여 권의 책은 보고만 있어도 배가 부르다.

② 그런데 한국으로 돌아갈 날이 얼마 남지 않은 요즘 큰 걱정이 생겼다. 이 책들때문이다. 욕심 같아서는 몽땅 가져가고 싶다. 어떻게 모은 책이더냐. 많은 사람들이 베이징까지 직접 배달해 준 책이다. 한국에서 책 소포가 도착하기를 손꼽아 기다리던 날들, 한 권 한 권 자전거를 타고 우체국에 가서 찾아 온 책들이다. 받는 그날부터 몇 날 며칠 밑줄을 쳐 가면서 읽은 책들이다. 시험 때 도착한 책들은 제목보면 읽고 싶어질까 봐 시험 끝날 때까지 뒤집어 꽂아 놓고 참았다 본 책들이다. 읽고 난 후 그 감동을 주체할 수 없어 껴안고 자기도 한 책들이다.

③ 그러니 어찌 한 권 한 권 정이 들지 않을 수 있겠는가. 몇 번씩 되풀이해 읽어 가며 내 삶의 원칙을 새롭게 다졌던『간디 자서전』,『월든』,『아름다운 삶, 사랑 그리고 마무리』,『나에게는 꿈이 있습니다』는 중국에서도 한 번씩 다시 읽었다. 올 여름에 새로 나온『스콧 니어링 자서전』도 읽고 나니 정신이 번쩍 났다. 이 책도 정기적으로 읽는 책 목록에 넣기로 했다. 최근 2~3년간 내게 아주 큰 영향을 주고 있는

이 책들의 저자들은 서로 영향을 주고받는 것, 비폭력, 무소유, 자연과 더불어 살기, 진정한 자유와 대안적 삶에 대해 잔잔하게, 그러나 아주 힘 있게 이야기한다.

④ 중국에 살면서 알아야 할 중국 문화와 중국인에 관한 책도 있다. 화교의 역사와 그들의 힘을 본격 조명한『중국인 이야기: 보이지 않는 제국, 화교』, 중국의 최신 경제 문제를 다룬『상하이 리포트』, 티베트에 관한『오래된 미래』다. 중국 현대 소설 중에서는 위화의『살아간다는 것』과『허삼관 매혈기』를 아주 재미있게 읽었다. 현대 중국인들의 삶과 생각, 그리고 인간미를 엿볼 수 있어 좋았다.

⑤ 음식과 마찬가지로 책에도 주식과 부식이 있다. 내가 위에서 말한 되풀이해서 읽는 책들은 물론 주식에 해당한다. '부식'을 읽을 때에도 편식을 하면 영양 불균형이 되게 마련이다. 그러나 여기서 내 입맛대로 다 갖출 수는 없는 일. 그래도 나름대로 구색을 갖추려 애썼다. 순수 문학, 비소설, 실용서, 인문서, 베스트셀러, 동서양 불후의 명작까지. 중국어 동화책과 어린이용『홍루몽』도 있다. 이렇게 훑어보니 이번에는 인문서를 많이 보지 못했구나. 책 표지를 쓰다듬으며 하나하나 들여다보고 있자니, 그 추억들이 고스란히 되살아나 이고 지고라도 책들을 다 가져가고 싶기만 했다.

⑥ 그러나 과연 책을 가져가는 것만이 소유일까? 더 많은 사람과 책을 나눠 읽는 게 더 큰 소유가 아닐까. 내가 사생활 침해를 감수해 가며 419 도서관을 만들어서 얼마나 좋았던가를 생각해 본다. 그동안 내 숙소에 책을 빌리러 왔다가 책만 빌려 가는 사람은 거의 없었다. 대부분 독서 상담에서 인생 상담으로 넘어가 공부 시간을 무한정 잡아먹었다. 책에는 관심 없고 그저 내 방을 구경하러 오는 사람도 있었다. 모처럼 늦잠 자는 일요일 아침에 전화를 해서 "오늘 도서관 여나요?" 하고 묻기도 했다.

⑦ 그래도 그 일을 하면서 행복했다. 다른 오락거리도 많은데, 시간을 쪼개 책을 읽으려고 하는 아이들이 기특하고 사랑스러웠다. 아이들이 책 빌려주어서 고맙다고 하면 다른 도움을 준 것보다 뿌듯했고, 같은 책을 읽고 다른 시각의 의견을 들을 수 있었던 것도 좋았다. 새 책이 오면 이 아이들에게 자랑하고 싶어서 입이 근질근질했다. 그러고 보니 지난 1년간 나는 '바람의 딸'이 아니라 '419 도서관장'으로 살았던 것 같다.

8 "그래, 책을 놓고 가자."

그러나 막상 그렇게 하자니 마땅한 곳이 없다. 어디에 두고 가야 사람들이 많이 돌려 볼 수 있을까? 혹시나 관리 소홀로 내 손때 묻은 책이 고아처럼 아무렇게나 굴러다니면 어떡하나 하는 노파심이 생겼다. 뜻이 있는 곳에 길이 있다고, 다행히 며칠 전에 내 '아이들'을 맡길 만한 사람이 나타났다. 토요 한글학교 교사인 황훈영씨다. 한글학교는 중국 학교에 다니는 한국 초등학생들을 위한 한국어 학교인데, 내 책을 가지고 작은 도서관을 시작했으면 좋겠다고 한다.

9 매주 토요 학교가 운영되는 동안 학부모들은 물론, 책 구하기 힘든 한국 유학생들, 중국 동포, 나아가 한국어를 할 줄 아는 중국인들도 빌려 볼 수 있는 장소로 만들고 싶단다. 그래, 훈영 씨라면 보모 역할을 잘 해 줄 거다. 내가 이 책들을 어떻게 모았는지, 얼마나 예뻐하는지 옆에서 일일이 지켜보았으니까. 게다가 그 자신도 책을 3권이나 쓴 저자인 데다가 대단한 독서가이자 애서가이다.

10 "비야 언니, 내가 잘 맡아 줄게요."

이 한마디에 마음이 턱 놓였다.

"내가 책장 사 주고 갈 테니까 잘 좀 돌봐 주라."

입양 가는 '아이들'을 위해 자물쇠가 달린 유리 책장도 하나 마련해 주었다.

11 오늘 드디어 내 책들을 모두 실어 보냈다. 내 방은 이제 영락없는 선방이다. 선방이면 뭔가 좋은 기로 꽉 차 있어야 하는데, 텅 빈 것처럼 허전하기만 하다. 책이 있었던 벽 쪽으로 자꾸 눈길이 간다. 그 책들, 나 떠난 후에 가져가라고 할걸 그랬나 보다.

—

한비야, 『한비야의 중국견문록』, 푸른숲, 2001, 320~323쪽.

내용 확인하기

다음 질문에 답을 써 보자.

1. 가지고 있던 책이 "한 권 한 권 정이"(문단 ③) 든 이유는 무엇인가?

_____

_____

2. "책에도 주식과 부식이 있다"(문단 ⑤)는 말이 무슨 의미인지 설명해 보자.

_____

_____

3. 글쓴이는 왜 책을 두고 가기로 결정했는가?

_____

_____

4. 책을 맡기로 한 사람은 누구인가? 그 사람에 대해 세 문장으로 요약해 보자.

_____

_____

글의 개요 만들기

한 문단이든 한 편의 글이든 간단히 개요로 정리할 수 있다. 개요는 글 쓰기 전 생각을 조직화하는 데 반드시 필요하다. 글을 읽을 때라면, 글의 주된 생각과 이를 뒷받침하는 내용이 무엇인지 분석하는 데 도움이 된다.

읽은 글의 개요를 작성할 때는 다음과 같은 절차를 밟는 것이 좋다.

---

1. 머리말, 본문, 마무리 부분을 구분한다.

2. 본문의 문단들 가운데 더 긴밀히 연결되는 문단이 있다면 묶어 둔다.

3. 가장 크게 나뉘는 부분을 골라 로마 숫자(Ⅰ, Ⅱ …)를 매긴다.
- 문단 구분을 그대로 활용할 수도 있다.

4. 각 부분의 핵심 내용을 적는다.
- 핵심 내용은 가급적 문장으로 적는 것이 좋다.

5. 로마 숫자로 매겨진 중심 문장 아래에 이를 뒷받침하는 내용을 적는다.
- 뒷받침 내용은 들여쓰기를 한다.
- 내용이 여럿일 경우, 로마 숫자가 아닌 기호로 번호를 매긴다.
- 뒷받침 내용은 문장이 아니라, 메모 수준으로 간단히 써도 무방하다.

위의 순서에 따라 〈419 도서관을 닫으며〉의 개요를 작성해 보자.

---

1. 머리말, 본문, 마무리 부분을 구분한다.

머리말: 1

본문: 2 ~ 10

마무리: 11

2. 본문의 문단들 가운데 더 긴밀히 연결되는 문단이 있다면 묶어 둔다.

묶이는 부분: 2 ~ 5, 6 ~ 7, 8 ~ 10

3. 가장 크게 나뉘는 부분을 골라 로마 숫자를 매긴다.

Ⅰ. 1 (머리말)

Ⅱ. 2 ~ 5

Ⅲ. 6 ~ 7

Ⅳ. 8 ~ 10

Ⅴ. 11 (마무리)

4. 각 부분의 핵심 내용을 적는다.

Ⅰ. 1 나는 베이징에서 단출하게 살았지만, 책만큼은 넉넉하게 쌓아 놓고 지냈다.

Ⅱ. 2 ~ 5 한국으로 돌아갈 때가 되자, 처음에는 책을 모두 가져가고 싶었다.

Ⅲ. 6 ~ 7 더 많은 사람과 책을 나누는 것이 더 큰 소유라는 생각이 들었다.

Ⅳ. 8 ~ 10 한글학교 교사에게 책을 맡기고 가기로 했다.

Ⅴ. 11 벽에 가득했던 책을 실어 보내니 마음이 허전하다.

5. 로마 숫자로 매겨진 중심 문장 아래에 이를 뒷받침하는 내용을 적는다.

Ⅰ. 나는 베이징에서 단출하게 살았지만, 책만큼은 넉넉하게 쌓아 놓고 지냈다.

Ⅱ. 한국으로 돌아갈 때가 되자, 책을 모두 가져가고 싶었다.

(1) 어렵게 모은 책이라 정이 많이 들었음

(2) 그간 베이징에서 내가 읽은 책들

    - 내 삶에 큰 영향을 준 책들

    - 중국 관련 서적들

    - 최대한 다양한 분야의 책을 읽으려 애썼음

Ⅲ. 더 많은 사람과 책을 나누는 것이 더 큰 소유라는 생각이 들었다.

(1) 숙소를 굳이 도서관으로 만들어서 얻은 추억

(2) 도서관을 찾는 아이들과의 행복한 기억

Ⅳ. 한글학교 교사에게 책을 맡기고 가기로 했다.

(1) 마땅한 곳이 없을까 걱정했는데 다행히 적임자가 나타남

(2) 황훈영 씨의 꿈

(3) 새로운 보모에 대한 믿음

Ⅴ. 벽에 가득했던 책을 실어 보내니 마음이 허전하다.

─────

첫째 마당에서 검토한 구성을 참조하여, 〈나의 개〉의 개요를 작성해 보자.

셋째
마당

주제에 대해 생각해 보기

다음에 대해 이야기해 보자.

1. 여러분이 가지고 있는 믿음은 무엇인가?

2. 여러분은 '해리 포터' 시리즈를 책이나 영화로 본 적이 있는가? 어떤 느낌이 들었는가?

3. 판타지 소설과 영화가 아이는 물론 어른들에게까지 인기 있는 이유는 무엇일까?

훑어보기

다음 글의 제목과 첫 문단, 마지막 문단을 읽어 보자.

내용 예측하기

다음에 대해 상상하여 이야기해 보자.

1. 글쓴이의 '잠들지 않는 꿈'이 무엇일까?

2. 글쓴이는 '해리 포터'에 대해 어떤 기억을 가지고 있을까?

잠들지 않는 꿈

1. 사람은 누구나 믿음의 대상이 있어야 한다. 삶의 믿음을 찾으면 내면세계가 풍부해진다. 뿐만 아니라 생활에 절망할 때도 믿음이 우리에게 힘을 주고 살아갈 수 있는 희망을 보여 준다. 나는 어렸을 때부터 신비한 사물에 대해 흥미를 가지고 있어서 해리 포터의 마법 세계에 빠졌고 이 세계에서 믿음을 찾았다. 내가 꿈꾸는 이 세계가 내게는 어둠 속의 빛과 같은 존재였다.

2. 해리 포터는 영국의 작가 조앤 롤링이 지은 판타지 소설이다. 1997년 해리 포터 시리즈 제1권인『해리 포터와 마법사의 돌』이 출간됐다. 그때 처음 순수한 마음을 가지고『해리 포터와 마법사의 돌』을 읽기 시작했는데 점차 현실과 다른 이 신기한 세계에 빠졌다. 상상력이 풍부한 어린 시절의 나는 항상 호그와트에 입학하는 꿈을 꾸었다. 이 시리즈에 매료되면서『해리 포터와 비밀의 방』,『해리 포터와 아즈카반의 죄수』,『해리 포터와 불의 잔』이 출간되자마자 첫 독자가 되고 싶은 마음에 오랫동안 서점 앞에 줄 서서 책을 샀다. 소설을 읽은 후에 친구들과 함께 소설의 내용을 이야기하면서 감동을 나누는 것은 내게 최상의 행복이었다.

3. 2001년 12월 14일 영화로 만들어진 해리 포터 시리즈 첫 편이 세상에 나왔다. 실제로 만든 마법 세계의 모습은 내 마음을 더욱 설레게 했다. 중학교 1학년 때 해리 포터 제5권『해리 포터와 불사조 기사단』이 출간됐고, 제6권『해리 포터와 혼혈 왕자』를 읽으면서 중학교 시절이 끝났다. 완결판인 제7권『해리 포터와 죽음의 성물』이 출간되었을 때 나는 고등학교 2학년이었다. 시리즈는 완결되었지만 영화는 아직 끝나지 않았다. 이후 나는 큰 기대를 가지고 매번 영화를 기다렸다.

4. 2011년 7월 15일 해리 포터 마지막 편 〈죽음의 성물 2〉의 막이 올랐다. 드디어

모든 해리 포터 시리즈가 끝나고 오랜 내 기다림도 끝난 것이다. 그날은 학기를 마치고 중국으로 돌아가는 날이었다. 하지만 해리 포터에 대한 14년의 감정과 기다림을 기념하기 위해, 나는 비행기 시간을 좀 뒤로 미루고 공항 가는 길에 영화관을 들렀다. 복잡한 감정을 가지고 혼자 울면서 영화를 봤다. 14년의 기다림이 끝났다는 사실에 얼마나 슬펐는지 모른다.

⑤　　초등학교 때부터 시리즈 제1권 『해리 포터와 마법사의 돌』을 읽기 시작했으니, 이 세계에서 산 지 이미 14년이 넘었다. 해리 포터 시리즈의 발전에 따라 나는 주인공과 함께 성장하였다. 그동안 나는 이 마법 세계에서 꿈을 꾸었고 엄청난 감동을 받았고 아주 행복하게 살았다. 내 웃음과 눈물을 담고 있는 세계, 외로울 때나 힘들 때마다 생각나는 세계, 아름다운 추억들이 남아 있는 세계……. 내 마음속에서 사라질 수 없는 것들이다. 이제 해리 포터의 이야기는 끝났지만 믿음은 사라지지 않았다. 내게 해리 포터의 세계는 어렸을 때의 꿈일 뿐 아니라 영원히 기억하고 그리워할 믿음이다.

⑥　　더 이상 나는 아이가 아니지만 해리 포터의 세계는 내게 잠들지 않는 꿈이다. 이 세계를 생각할 때마다 어린 시절과 학창 시절의 내 모습이 생각난다. 조앤 롤링은 해리 포터 마지막 책에서 이렇게 썼다. "책을 일곱 갈래로 나누어 바칩니다. 네일에게, 제시카에게, 데이비드에게, 켄지에게, 디에게, 앤에게, 그리고 당신에게, 만약 당신이 마지막 순간까지 해리와 함께했다면." 영원이 있든 없든 상관없다. 나는 변함없이 인생 마지막까지 해리와 함께 있는 사람이다.

―

학생 글

내용 확인하기

다음 질문에 답을 써 보자.

1. 해리 포터 시리즈의 제1권이 출간된 해, 첫 번째 영화가 발표된 해는 각각 언제인가?

2. 글쓴이는 해리 포터 시리즈 마지막 편 영화를 언제 어디서 보았는가?

3. 글쓴이에게 마법 세계는 어떤 존재인가?

4. 글쓴이가 해리 포터 "주인공과 함께 성장하였다"(문단 ⑤)는 것은 무슨 의미인지 정리해 보자.

분석적 읽기와 비판적 읽기

다음은 앞의 글 〈잠들지 않는 꿈〉의 개요이다. 빈칸을 채워 보자.

Ⅰ. 나는 해리 포터의 마법 세계에서 믿음을 찾았다.

Ⅱ. 순수한 어린 시절 해리 포터 시리즈를 접하고 이 신기한 세계에 빠졌다.

Ⅲ. _____

Ⅳ. _____

Ⅴ. 14년 동안 나를 행복하게 했던 해리 포터의 세계는 내 마음속에서
　　사라지지 않을 것이다.

Ⅵ. 나는 변함없이 인생 마지막까지 해리와 함께 있는 사람이다.

개요를 참고하고 글을 보면서 다음의 질문에 답해 보자.

글 전체를 관통하는 핵심어는 무엇인가?

글의 구성과 흐름이 자연스러운가?
• 머리말과 마무리가 제 역할을 하고 있는가?
• 본문의 문단이 긴밀하게 연결되는가?

글쓴이의 생각에 공감할 수 있는가?
• 상황 설명이 부족하지 않은가?
• 느낌이 단편적 표현에 그치지 않았는가?
• 자신의 생각을 강요하고 있지는 않은가?

문제점 찾기

• 이 글의 제목, 머리말, 마무리에 여러 번 등장하는 핵심어는 '믿음', '꿈'이다.
  마법 세계가 '믿음' 혹은 '꿈'의 대상이 될 수 있는가?

• 글쓴이에게 왜 해리 포터의 마법 세계가 '잠들지 않는 꿈'이 되었는지 충분히 드러났는가?

넷째
마당

[여러분이 사랑하는 것은 무엇인가?
그중 하나를 골라 5문단 정도의 글을 써 보자.]

❶ 발상하기

브레인스토밍을 통해, '내가 사랑하는 것'에 관련된 아이디어를 생각나는 대로 나열하고 관련 있는 것들끼리 연결해 보자.

1. 애착을 가지고 키워 본 동물이나 식물이 있는가?
2. 지금 내게 가장 소중한 물건은 무엇인가?
3. 특별히 좋아하는 예술 작품 혹은 장르가 있는가?
4. 행복하게 떠올리는 공간이 있는가?

나열한 대상 가운데 가장 적합한 것을 골라 화제를 결정하자.

❷ 핵심 아이디어 정하기

결정한 화제에 대하여 자신의 생각을 한 문장으로 써 보자.

❸ 이야기 구성하기

글의 시작과 중간, 마무리를 어떻게 할지 흐름을 잡아 보자.

❹ 글감 찾기

각 구성 단계에 활용할 다양한 에피소드와 사건, 느낌 등을 나열해 보자.

❺ 개요 작성하기

각 문단에 어떤 내용을 배치할지 결정하고, 뒷받침할 글감을 선택하여 정리해 보자.

❻ 초고 쓰기

개요에 따라 초고를 써 보자.

❼ 제목 붙이기

글의 내용에 어울리는 자신만의 제목을 붙여 보자.

❽ 수정하기

다음 질문에 따라 초고를 평가하고, 부족한 부분을 수정하거나 다시 써 보자.

항목	세부 항목	아니오				예
총평	이 글을 또 읽고 싶은가? (매력적인 글인가?)	0	2	4	6	10
첫인상	제목이 흥미롭고 전체 내용을 압축하고 있는가?	0	2	4	6	8
	첫 문장이 흥미로운가? (계속 읽고 싶었는가?)	0	2	4	6	8
주제	주제를 한마디로 정리할 수 있는가?	0	2	4	6	8
	글의 주제가 새롭고 흥미로운가?	0	2	4	6	8
논리	글의 요지가 글 전체에 분명하게 드러나는가?	0	1	3	4	6
	적절한 예와 근거가 제시되어 있는가?	0	2	4	6	8
구성	각 문단이 적당한 길이로 나뉘어 있는가?	0	0.7	1.5	2	3
	각 문단의 주제문이 쉽게 정리되는가?	0	0.7	1.5	2	3
	머리말이 글의 주제와 내용을 암시하고 있는가?	0	1	2.5	3.5	5
	본문의 내용이 마지막에 잘 마무리되고 있는가?	0	1	2.5	3.5	5
	다음 문단으로 자연스럽게 넘어가는가?	0	1	2.5	3.5	5
문장	주어와 서술어의 호응이 정확한가?	0	2	4	6	6
	하나의 문장에 하나의 생각이 담겨 있는가?	0	1	2.5	3.5	5
	다양한 연결어미가 적절하게 쓰이고 있는가?	0	2	4	6	6
어휘	어휘의 쓰임이 정확한가?	0	0.7	1.5	2	3
	어휘와 표현이 다양하게 사용되고 있는가?	0	0.3	0.5	0.7	3

점수	평가	어떤 부분을 수정·보강해야 할까?
0~35	새로 쓰는 게 나음	
36~55	대폭 수정해야 함	
56~65	어정쩡함	
66~75	내용과 형식을 보강해야 함	
76~85	섬세한 마감이 필요함	
86~100	더 배울 게 없음	

글쓰기 과정 예시

❶ 발상하기

브레인스토밍을 통해, '내가 사랑하는 것'에 관련된 아이디어를 생각나는 대로
나열하고 관련 있는 것들끼리 연결해 보자.

　1. 애착을 가지고 키워 본 동물이나 식물이 있는가?

　　강아지, 고양이, 고슴도치, 달팽이, 선인장, 토마토…

　2. 지금 내게 가장 소중한 물건은 무엇인가?

　　어릴 때 쓰던 베개, 농구화, 생일 선물로 받은 카메라, MP3…

　3. 특별히 좋아하는 예술 작품 혹은 장르가 있는가?

　　샤갈, 모차르트, 장이머우…

　4. 행복하게 떠올리는 공간이 있는가?

　　다락방, 할머니 댁, 바닷가, 단골 술집…

나열한 대상 가운데 가장 적합한 것을 골라 화제를 결정하자.

다락방

❷ 핵심 아이디어 정하기

결정한 화제에 대하여 자신의 생각을 한 문장으로 써 보자.

어린 시절, 다락방은 나의 유일한 안식처였다.

❸ 이야기 구성하기

글의 시작과 중간, 마무리를 어떻게 할지 흐름을 잡아 보자.

[시작] 나는 다락방이 그립다.

↓

[중간] 그곳에 가면 과거와 만날 수 있다.

↓

[마무리] 사람에게는 '구석'이 필요하다.

❹ 글감 찾기

각 구성 단계에 활용할 다양한 에피소드와 사건, 느낌 등을 나열해 보자.

[시작] 하숙집에서 우연히 발견한 작은 문. 오랜만에 찾은 고향집.
전통찻집에서 발견한 축음기

[중간] 퀴퀴한 곰팡이 냄새, 음침한 분위기, 한 줄기 빛, 먼지, 묶여 있는 책,
쌓여 있는 상자들, 밖에서 들리는 소리들. 깜빡 잠이 들고 밤이 됨,
소란스러워진 바깥, 나만의 공간에서 느끼는 해방감
온전히 모든 시간의 주인이 되던 공간, 독립의 희열, 형제들과의 다툼

[마무리] 혼자 있는 시간이 필요함.

❺ 개요 작성하기

각 문단에 어떤 내용을 배치할지 결정하고, 뒷받침할 글감을 선택하여 정리해 보자.

[머리말] 실마리 - 하숙집에서 우연히 작은 문을 발견했다.
보통의 방문보다는 작고 조금 높은 곳에 있는 문.
고향집의 다락방이 떠오름.

[본문 1] 다락방의 정경 - 오래된 물건이 마구잡이로 쌓여 퀴퀴한 냄새가 풍겼다.
음침한 분위기, 한 줄기 빛 사이로 떠돌던 먼지, 아무렇게나 쌓여 있는
상자들, 대충 묶여 있는 누런 책들.

[본문 2] 피신처로서의 공간 - 어릴 적 심심하거나 울적할 때 다락방으로 숨어들곤 했다.
할아버지께 꾸중을 듣고 다락방에 들어왔다가 깜빡 잠이 들었던 에피소드

[본문 3] 고독과 안식으로서의 공간 - 다락방에 있으면 알 수 없는 해방감이 들었다.
나만의 공간에서 느끼는 해방감, 독립의 희열, 온전히 모든 시간의
주인이 되던 공간

[마무리] 다락방의 의미 - 사람에게는 '구석'이 필요하다.
고독을 느낄 공간이 필요하다.
고독은 세상에 더 가까이 가기 위해 세상으로부터 멀어지는 경험이다.

제2장

최고의
순간

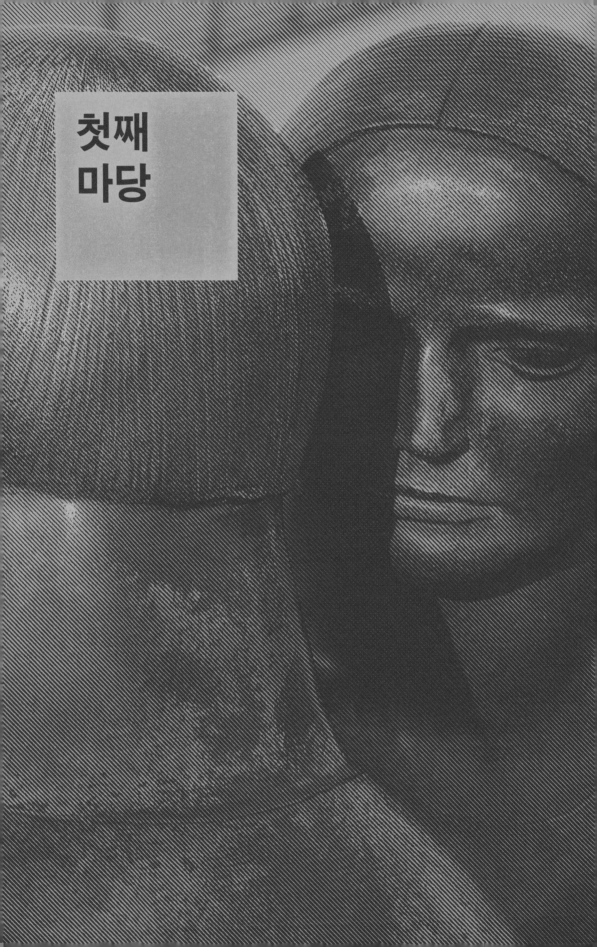

첫째
마당

주제에 대해 생각해 보기

다음에 대해 이야기해 보자.

1. 지금까지 들어 본 말 중에서 마음에 깊이 남아 있는 말은 어떤 것이 있는가?
2. 여러분은 타인에게 소외감을 느끼거나 타인을 소외시킨 적이 있는가?
3. 여러분은 어릴 적에 친구들과 어떤 놀이를 즐겼는가?

훑어보기

다음 글의 제목과 첫 문단, 마지막 두 문단을 읽어 보자.

내용 예측하기

다음에 대해 상상하여 이야기해 보자.

1. 글쓴이는 골목길에 모인 아이들에 대해 어떤 생각을 가졌을까?
2. 골목길에서 어떤 일이 벌어졌기에 글쓴이가 '괜찮아'라는 말을 들었을까?

괜찮아

1 　초등학교 때 우리 집은 서울 동대문구 제기동에 있는 작은 한옥이었다. 골목 안에는 고만고만한 한옥 여섯 채가 서로 마주 보고 있었다. 그때만 해도 한 집에 아이가 보통 네댓은 됐으므로 골목길 안에만도 초등학교 다니는 아이가 줄잡아 열 명이 넘었다. 학교가 파할 때쯤 되면 골목은 시끌벅적, 아이들의 놀이터가 되었다.

2 　어머니는 내가 집에서 책만 읽는 것을 싫어하셨다. 그래서 방과 후 골목길에 아이들이 모일 때쯤이면 대문 앞 계단에 작은 방석을 깔고 나를 거기에 앉히셨다. 아이들이 노는 걸 구경이라도 하라는 뜻이었다.

3 　딱히 놀이기구가 없던 그때, 친구들은 대부분 술래잡기, 사방치기, 공기놀이, 고무줄놀이 등을 하고 놀았지만 나는 공기놀이 외에는 그 어떤 놀이에도 참여할 수 없었다. 하지만 골목 안 친구들은 나를 위해 꼭 무언가 역할을 만들어 주었다. 고무줄놀이나 달리기를 하면 내게 심판을 시키거나 신발주머니와 책가방을 맡겼다. 그뿐인가. 술래잡기를 할 때는 한곳에 앉아 있어야 하는 내가 답답해할까 봐 어디에 숨을지 미리 말해 주고 숨는 친구도 있었다.

4 　우리 집은 골목에서 중앙이 아니라 모퉁이 쪽이었는데 내가 앉아 있는 계단 앞이 늘 친구들의 놀이 무대였다. 놀이에 참여하지 못해도 난 전혀 소외감이나 박탈감을 느끼지 않았다. 아니, 지금 생각하면 내가 소외감을 느낄까 봐 친구들이 배려해 준 것이었다.

5 　그 골목길에서의 일이다. 초등학교 1학년 때였던 것 같다. 하루는 우리 반이 좀 일찍 끝나서 나 혼자 집 앞에 앉아 있었다. 그런데 그때 마침 골목을 지나던 깨엿 장수가 있었다. 그 아저씨는 가위를 쩔렁이며, 목발을 옆에 두고 대문 앞에 앉아

있는 나를 흘낏 보고는 그냥 지나쳐 갔다. 그러더니 리어카를 두고 다시 돌아와 내게 깨엿 두 개를 내밀었다. 순간 아저씨와 내 눈이 마주쳤다. 아저씨는 아무 말도 하지 않고 아주 잠깐 미소를 지어 보이며 말했다.

"괜찮아."

⑥ 무엇이 괜찮다는 건지 몰랐다. 돈 없이 깨엿을 공짜로 받아도 괜찮다는 것인지, 아니면 목발을 짚고 살아도 괜찮다는 말인지……. 하지만 그건 중요하지 않다. 중요한 것은 내가 그날 마음을 정했다는 것이다. 이 세상은 그런대로 살 만한 곳이라고. 좋은 사람들이 있고, 착한 마음과 사랑이 있고, '괜찮아'라는 말처럼 용서와 너그러움이 있는 곳이라고 믿기 시작했다는 것이다.

⑦ 어느 방송 채널에 오래전의 학교 친구를 찾는 프로그램이 있다. 한번은 가수 김현철이 나와서 초등학교 때 친구들을 찾았는데, 함께 축구하던 이야기가 나왔다. 당시 허리가 36인치나 되는 뚱뚱한 친구가 있었는데, 뚱뚱해서 잘 뛰지 못한다고 다른 친구들이 축구팀에 끼워 주려고 하지 않았다. 그때 김현철이 나서서 말했다. "그럼 얘는 골키퍼를 하면 함께 놀 수 있잖아!" 그래서 그 친구는 골키퍼로 친구들과 함께 축구를 했고, 몇십 년이 지난 후에도 그 따뜻한 말과 마음을 그대로 기억하고 있었다.

⑧ 괜찮아 – 난 지금도 이 말을 들으면 괜히 가슴이 찡해진다. 2002년 월드컵 4강에서 독일에게 졌을 때 관중들은 선수들을 향해 외쳤다.

"괜찮아! 괜찮아!"

혼자 남아 문제를 풀다가 결국 골든벨을 울리지 못해도 친구들이 얼싸안고 말해 준다.

"괜찮아! 괜찮아!"

'그만하면 참 잘했다'고 용기를 북돋아 주는 말, '너라면 뭐든지 다 눈감아 주겠다'는 용서의 말, '무슨 일이 있어도 나는 네 편이니 넌 절대 외롭지 않다'는 격려의 말, '지금은 아파도 슬퍼하지 말라'는 나눔의 말, 그리고 마음으로 일으켜 주는 부축의 말, 괜찮아.

⑨ 그래서 세상 사는 것이 만만치 않다고 느낄 때, 죽을 듯이 노력해도 내 맘대로 일이 풀리지 않는다고 생각될 때, 나는 내 마음속에서 작은 속삭임을 듣는다. 오래

전 내 따뜻한 추억 속 골목길 안에서 들은 말 – '괜찮아! 조금만 참아, 이제 다 괜찮아질 거야.'

[10]   아, 그래서 '괜찮아'는 이제 다시 시작할 수 있다는 희망의 말이다.

—

장영희, 『살아온 기적, 살아갈 기적』, 샘터사, 2009, 129~132쪽.

내용 확인하기

다음 질문에 답을 써 보자.

1. 글쓴이가 처해 있는 상황은 어떠한가? 그렇게 판단한 근거는 무엇인가?

_____

_____

2. 친구들은 글쓴이가 소외감이나 박탈감을 느끼지 않도록 어떤 행동을 했는가?

(1) _____

(2) _____

(3) _____

(4) 골목 중앙이 아니라 글쓴이가 앉아 있는 모퉁이 쪽에서 놀았다.

3. 글쓴이에게 '괜찮아'라는 말이 갖는 의미를 찾아 나열해 보자.

(1) 용기를 북돋아 주는 말

(2) _____

(3) _____

(4) _____

(5) _____

(6) _____

분석적 읽기: 서사 구조와 의미를 파악하라

서사(narration)는 시공간의 흐름에 따라 사건이 진행되는 과정을 서술하는 글쓰기 방식이다. 어떤 상황의 추이를 보여 주고자 할 때 서사는 긴요한 진술 방식이다. 기행문, 자기소개서, 역사 보고서, 답사기, 일기, 기사문 등 다양한 글에 활용된다.

서사는 단순히 사건을 나열하는 데 그치는 것이 아니라, '어떤 일이 발생했는가(과정)', '왜 발생했는가(인과)'에 대한 대답의 형식을 취하곤 한다. 서사는 사건과 그 사건 속에 일어나는 여러 작은 일을 표현하는 것이다. 독자에게 서사를 잘 이해시키려면 글쓴이는 사건(이야기)을 인과적으로 구성해야 한다. '아버지가 돌아가시자 어머니도 돌아가셨다'보다는 '아버지가 돌아가시자 슬픔을 못 이겨 어머니도 돌아가셨다'는 식으로 사건들 사이의 인과관계를 보여 주어야 한다.

서사에서 중요한 것은 사건 자체가 아니라 그 사건의 의미 또는 메시지(주제의식)이다. 서사의 사건은 단순한 사건들의 연속이 아닌 유기적으로 연결된 사건들로, 시간 흐름에 따른 사건의 변화를 내포하는 동시에 의미 있는 변화여야 한다. 실제 글을 쓸 때에는 시간의 흐름이나 공간의 이동만을 드러내는 것이 아니라, 그 변화에 따른 의미나 메시지가 드러나게 하는 것이 중요하다. 그 사건이 나와 독자에게 어떤 의미가 있는지를 보여 주어야 독자의 공감을 얻을 수 있다. 독특한 경험은 그 자체로 좋은 글감이 되기는 하지만, 그것을 통해 의미를 전달하지 못한다면 그 글은 기껏해야 기록에 불과하다.

다음과 같은 질문을 통해 서사와 의미가 효과적으로 전달되었는지를 분석할 수 있다.

서사 구조 • 중심 사건은 무엇인가?
　　　　　　• 중심 사건을 전달하기 위해 동원한 하위 사건과 정보는 무엇인가?
　　　　　　　사건에 대해 독자가 가질 수 있는 의문을 어느 정도 해결해 주어야 한다.
　　　　　　　그 사건이 일어난 배경이나 이해를 돕기 위한 사전 정보, 또는 '언제, 어디서, 누가,
　　　　　　　무엇을, 어떻게, 왜' 일어났는지에 대한 정보를 적절히 제공해야 한다.
　　　　　　　다만, 글에 이들 요소가 모두 제시되어야 하는 것은 아니다.

- 사건을 인상적으로 표현하기 위해 어떤 방법을 사용했는가?

  대부분의 서사에는 묘사가 필요하다. 인물을 생동감 있게 표현한다거나 특정 장면을 상상할 수 있도록 자세하게 묘사하기도 한다. 인상적인 대화를 제시할 수도 있고, 행동이나 사건을 자세히 기술할 수도 있다.

의미
- 글쓴이는 이 사건을 통해 독자에게 어떤 메시지를 전달하고 싶어 하는가?
- 이 사건이 글쓴이에게 왜 중요한가? 글쓴이는 이 사건 이후에 어떻게 달라졌는가?
- 글쓴이가 생각한 의미를 전달하기 위해 다른 글감을 동원했는가?

배치 전략
- 사건의 의미를 직접적으로 제시했는가, 암시적으로 제시했는가?
- 사건의 의미를 사건 제시 전에 배치했는가? 후에 배치했는가? 아니면 틈틈이 배치했는가?

앞의 글 〈괜찮아〉에 대하여 위의 질문을 검토해 본 것이다. 빈칸을 채워 보자.

서사 구조
- 중심 사건은 무엇인가?

  초등학교 때 혼자 집 앞에 앉아 있는데 깨엿 장수 아저씨가 지나가다가 나에게 깨엿을 주면서 "괜찮아"라고 말했다.

- 중심 사건을 전달하기 위해 동원한 하위 사건과 정보는 무엇인가?

  초등학교 때 아이들로 놀이터가 되는 집 앞 골목길 분위기
  골목길에 아이들이 모일 때쯤 대문 앞 계단에 나를 앉히신 어머니
  나를 놀이에 참여하도록 배려해 준 친구들

- 사건을 좀 더 인상적으로 표현하기 위해 어떤 방법을 사용했는가?

  깨엿 장수가 깨엿을 주며 "괜찮아"라고 말한 것을 끝으로 사건 전달을 갑자기 중지함으로써 그 말의 여운과 의미를 효과적으로 전달하고 있다.

의미   • 글쓴이는 이 사건을 통해 독자에게 어떤 메시지를 전달하고 싶어 하는가?

_____

_____

• 이 사건이 글쓴이에게 왜 중요한가? 글쓴이는 이 사건 이후에 어떻게 달라졌는가?

_____

_____

• 글쓴이가 생각한 의미를 전달하기 위해 어떤 다른 글감을 동원했는가? 찾아서 정리해 보자.

2002년 월드컵 4강에서 독일에게 졌을 때 관중은 선수들을 향해

"괜찮아"를 외쳤다.

_____

배치 전략 • 글쓴이는 사건의 의미를 직접적으로 제시했는가, 암시적으로 제시했는가?

_____

• 글쓴이는 사건의 의미를 어디에 배치했는가?

_____

―――

종합적으로, 서사 구조와 의미를 파악한 것이 〈괜찮아〉를 이해하는 데 도움이 되는지 평가해 보자.

둘째
마당

주제에 대해 생각해 보기

다음에 대해 이야기해 보자.

1. 여러분은 살아오면서 놀라운 깨달음을 얻은 적이 있었는가?

2. 여러분에게 가장 기억에 남는 선생님은 누구인가?

3. 아이들은 '사랑, 질투, 그리움, 용서' 등 추상적인 단어의 뜻을 어떻게 알게 될까?

훑어보기

다음 글의 제목과 첫 문단, 마지막 두 문단을 읽어 보자.

내용 예측하기

다음에 대해 상상하여 이야기해 보자.

1. 청각장애인은 어떤 과정을 밟아 가며 단어를 익힐까?

2. 글쓴이는 어떤 과정을 거쳐 '사랑'이라는 단어의 의미를 처음 알게 되었을까?

이 아름다운 진리는 내 마음을 사로잡았다

1 　나는 이제 언어의 세계로 들어갈 열쇠를 가졌으므로 하루라도 빨리 그것을 써서 열심히 배우고 싶었다. 들을 수 있는 아이는 특별한 노력을 기울이지 않고도 말을 배우게 마련이다. 그들은 마치 날아다니며 주워 담듯이 너무도 쉽고 재미있게 다른 사람들의 입술에서 떨어져 나오는 낱말들을 잡아챈다. 그러나 들을 수 없는 아이들은 어떤가. 힘겹게 때로는 고통스러운 과정을 밟아 가며 올가미에 낱말들이 걸려들게 해야 한다. 과정이야 어떻든 그 결과는 실로 놀랍다. 어렵게 깨친 사물의 이름으로부터 시작하여 우리는 점차 최초의 한 음절을 더듬거리는 것을 거쳐 셰익스피어의 세계를 노래하는 데 이르기까지 멀고도 험한 길을 헤쳐 가야 한다.

2 　처음에는 선생님이 새로운 것을 가르쳐 주시더라도 질문할 게 없었다. 구름을 잡는 듯 막연한 생각에 낱말이라고 해 봐야 별게 없었다. 그러나 아는 게 많아질수록 어휘도 풍부해지고 알고 싶은 것도 많아졌다. 때문에 같은 주제로 되돌아오기를 반복하고 그때마다 더 많은 정보를 필요로 했다. 그리하여 때로는 새 낱말로 인하여 이전 경험이 뇌에 새겨 놓은 인상이 다시 떠오르는 일도 있었다.

3 　처음으로 '사랑'이란 낱말의 의미가 무엇인지 물었던 아침이 생각난다. 낱말을 많이 알기 전이었다. 어느 날 다소 일찍 피어난 바이올렛 몇 송이를 발견한 나는 그것을 따다가 선생님께 드렸다. 선생님은 내게 입을 맞추려 하셨으나 그때까지만 해도 나는 어머니 외에 누구와도 입을 맞추고 싶지 않았다. 그러자 선생님은 한쪽 팔로 나를 포근히 감싸 안고 내 손에 "나는 헬렌을 사랑해"라고 쓰셨다. 나는 물었다. "사랑이 뭐예요?"

4 　선생님은 나를 더욱 바싹 껴안으며 내 심장을 가리키시더니 "그건 여기 있단다"

하고 말씀하셨다. 난생처음 나는 심장이 뛰고 있다는 것을 알았다. 그러나 만질 수 없는 것을 이해할 수 없었던 당시로선 선생님의 말씀은 오히려 나를 더 혼란스럽게만 했다.

⑤　나는 선생님의 손에 들린 바이올렛 향을 맡은 뒤 갓 배우기 시작한 낱말과 예전에 쓰던 신호를 섞어가며 다음과 같은 요지의 질문을 했다.

"사랑은 꽃의 달콤함인가요?"

"아니, 그렇지 않단다."

나는 다시 생각했다. 마침 선생님과 나는 따뜻한 햇볕을 쬐고 있었다. 이 따뜻한 것이야말로 사랑이 아닐까? 나는 열이 감지되는 방향을 가리키며 물었다.

"그럼 이것이 사랑인가요?"

만물을 키워내는 따뜻함의 원천인 태양보다 아름다운 것이 또 어디 있겠는가. 그러나 선생님은 고개를 가로저으셨다. 너무도 혼란스러워 나는 낙심천만이었다. 왜 선생님은 내게 사랑이 무엇인지 가르쳐 주시지 않는 걸까 의아하기만 했다.

⑥　그로부터 하루 이틀이 지난 어느 날 나는 왼쪽과 오른쪽으로 나누어 무리 지어 놓은 각기 다른 크기의 구슬들을 큰 거 두 개, 그보다 작은 걸로 세 개 하는 순서로 꿰고 있었다. 나는 자꾸 틀렸고 선생님은 그럴 때마다 친절하게 잘못을 바로잡아 주셨다. 그러다 어느 순간 내가 어디서 자꾸 틀리는지 알게 됐고 작업에 정신을 집중하게 됐으며 어떻게 해야 틀리지 않겠는지 생각하게 됐다. 그러자 선생님은 내 이마에 대고 '생각하다'라고 결정적인 한 단어를 쓰셨다.

⑦　바로 그때 나는 내 머릿속에서 계속되던 일련의 과정을 가리키는 바로 그 단어를 섬광과도 같이 깨우쳤다. 추상적인 개념을 최초로 이해한 순간이었다.

⑧　그렇다면 사랑은? 무릎 위에 놓인 구슬은 까맣게 잊어버린 채 오래도록 가만히 앉아서 나는 사랑의 의미를 알아내려고 애썼다. 구름이 잔뜩 끼어 하루 종일 흐린 날씨였다. 그런데 한차례 소나기가 지나가자 언제 그랬냐는 듯 남부 특유의 찬란한 태양이 모습을 드러냈다.

⑨　나는 물었다. "선생님, 사랑은 이런 건가요?"

"그래, 맞아. 사랑은 햇살이 비추기 전 끼어 있던 구름 같은 거란다."

⑩　당시의 나로서는 이 짧은 한 문장을 도저히 이해할 수 없었다. 그러자 선생님께

서는 다음과 같이 설명해 주셨다.

"헬렌, 너도 알겠지만 우리는 구름을 만질 수는 없단다. 그러나 비를 만질 수는 있지. 한낮의 무더위에 시달려 목마른 대지와 꽃들이 이 단비를 받아 마시고 얼마나 좋아하는지 너도 잘 알잖니? 사랑도 꼭 그렇단다. 손에 잡히지는 않지만 모든 것 위에 부어지는 그 달콤함만은 느낄 수 있지. 사랑이 없다면 행복하지도 뭘 하고 싶지도 않을 거야."

⑪ 이 아름다운 진리는 내 마음을 사로잡았다. 사람과 사람의 영혼을 연결하는 보이지 않는 끈이 느껴졌다.

———

헬렌 켈러 지음, 박에스더 옮김, 『헬렌 켈러 자서전』, 2008, 산해, 53~58쪽.

내용 확인하기

다음 질문에 답을 써 보자.

1. 선생님이 글쓴이에게 입을 맞추려 했을 때, 글쓴이는 왜 피했는가?

_____

2. 글쓴이가 '사랑'의 뜻을 알기 위해 추측한 내용을 찾아 정리해 보자.

(1) 꽃의 달콤함

_____

(2)

_____

3. 글쓴이가 처음 이해한 추상적인 단어는 무엇인가?

_____

4. 선생님은 '사랑'을 "햇살이 비추기 전 끼어 있던 구름 같은 거"(문단 9)라고
말했다. 이 말의 뜻이 무엇인지 다시 설명하는 부분을 찾아 써 보자.

_____

_____

묘사하기

묘사는 글에 생명력을 불어넣는다. 묘사란 어떤 대상이나 사물, 현상을 있는 그대로 그려내는 것이다. 언어로 표현하되 그림을 그리듯이 독자들에게 대상을 상상할 수 있도록 표현하는 방식이다.

묘사는 사물 묘사와 장면 묘사로 나뉜다. 시공간의 흐름에 따라 사건이 진행되는 과정을 서술하는 서사 중심의 글쓰기에서는 장면 묘사가 자주 쓰인다. 장면 묘사는 사건의 내용을 단순히 전달하는 것이 아니라, 그 사건이 마치 눈앞에서 펼쳐지고 있는 것처럼 표현하는 것이다. 보통 묘사라고 하면 정적인 사물, 현상을 그리는 것을 말하는데, 장면 묘사는 시간의 요소가 개입된다. 다만 시간은 흐르지만 그 안에서 벌어지는 사건과 장면을 좀 더 자세하게 보여 주려고 노력하는 것이다. '이런 일이 있었다'고만 하지 않고 그 일을 독자에게 보여 주려고 표현하는 것이다. 그러기 위해서는 사건을 대강 뭉뚱그려 표현하지 말고 최대한 자세하게 풀어헤쳐서 표현하는 것이 중요하다.

사건을 전달할 때에는 추상적인 글쓰기를 피해야 한다. 세부적인 장면 묘사를 하면 여러분이 느꼈던 감정을 효과적으로 전달할 수 있다. 직접적으로 "화난다, 기쁘다, 슬프다, 아쉽다, 멋지다, 재미있다"고 표현하지 말라. 이것은 묘사가 아니라 설명이다. 이런 표현만으로 독자는 여러분이 느낀 감정에 전혀 동감하지 못한다. 맛있는 음식을 먹었다면 "아주 맛있었다"라고 하지 말고, 독자에게 그 대단함의 냄새를 맡게 하라. 모양을 그려 주라. 촉감을 느끼게 해 주라. 바꿔 말해 묘사를 이용하라. 묘사야말로 글쓰기의 기본 요소이자 핵심이다.

장면을 묘사할 때는 다음 두 가지 사항에 주의해야 한다.

하나의 사건을 생생하게 표현해야 한다.
글쓴이는 독자가 보지 못한 사건을 지금 눈앞에서 벌어지고 있는 것처럼 자세하고 구체적으로 표현해야 한다. 그러기 위해서는 사건을 지나치게 뭉뚱그려서 기술하지 않아야 한다. '아버지가 텔레비전을 보고 있다.'라고만 하지 말고, 앉아 있는지, 머리를 괴고

누워 있는지, 어느 쪽 팔로 괴고 있는지, 팔 밑엔 베개가 있는지 방석이 있는지, 머리맡에는
무엇이 널려 있는지, 뭘 먹고 있는지, 다리는 어떤 모습인지, 뭘 보고 있는지, 보면서
어떤 말을 하는지, 눈빛은 어떤지, 어머니 등 주변 사람은 어떤 말이나 행동을 하는지 등등.
사건을 세밀하게 관찰하면 할수록 장면 묘사는 끝없이 이어질 수 있다.

장면 묘사를 통해 사건이나 대상에 대한 하나의 이미지(인상)를 떠올릴 수 있어야 한다.
한 사람의 행동이나 사건은 그 자체로 끝나서는 안 되고 그것을 통해 하나의 이미지(인상)나
느낌을 전달해야 한다. 장면 묘사를 통해 대상이 즐거운지, 두려움에 떠는지, 지루해 하는지,
난처해 하는지, 화가 나 있는지, 행복해 하는지가 전달되어야 한다.

앞의 글 〈이 아름다운 진리는 내 마음을 사로잡았다〉는 위의 주의 사항을 제대로 지키고 있는지 평
가해 보자.

- 문단 6 ~ 10은 하나의 사건을 생생하게 보여 주고 있는가?
- 이를 통해서 글쓴이가 전달하려고 한 이미지가 잘 전달되었는가?

친구나 부모 등 주변 인물 한 명을 정하고, 그가 하는 행동을 직접 보면서 다음 예처럼 장면을 묘사하는 글을 써 보자. (예. 텔레비전을 보는 모습, 책을 읽거나 숙제를 하는 모습, 커피를 마시며 잡담하는 모습 등)

"그날 우리는 어느 이름 모를 선술집에서 술을 마셨다."

≫ 뒤틀려 있는 창틀, 창문 너머 천천히 돌아가고 있는 회전 입간판, 탁자 위에는 술 취한 손님이 흘린 김치 조각, 등받이 없이 둥근 의자, 도마 위에 앉아 졸고 있는 파리. 얼굴이 불콰한 채 장사엔 별 관심 없어 보이는 주인장에게 막걸리 한 잔을 부탁했다. 주인장은 찌그러진 양은 주전자에 막걸리를 내 왔다.

"친구의 결혼식에 다녀왔다."

≫ 웃을 때마다 빨간 립스틱이 묻은 앞니가 보이던 신부 어머니, 신부의 드레스 자락에서 폴폴 풍기던 향수 냄새, 친정 부모에게 깊게 절하며 눈시울을 붉히는 신부, 그러면서도 미래에 대한 기대로 입꼬리가 올라가는 모습, 결혼은 그렇게 과거와 미래가 슬픔과 기쁨으로 공존하는 공간이다.

셋째
마당

주제에 대해 생각해 보기

다음에 대해 이야기해 보자.

1. 지금까지 살아오면서 최선을 다해 노력한 일로는 어떤 것이 있는가?
2. 공부 외에 가장 하고 싶은 일은 무엇인가?

훑어보기

다음 글의 제목과 첫 문단, 마지막 문단을 읽어 보자.

내용 예측하기

다음에 대해 상상하여 이야기해 보자.

1. 패션 디자이너가 되기 위해 글쓴이가 가장 먼저 시작한 일은 무엇이었을까?
2. 꿈을 이루기 위해 글쓴이는 무슨 노력을 기울였을까?

노력은 배신하지 않는다

1. 고등학교 1학년 어느 날, 텔레비전에서 멋진 패션쇼를 보고 처음으로 패션 디자이너가 되고 싶다는 꿈이 생겼다. 갑자기 생긴 꿈이었지만 나는 그 꿈이 나의 미래라고 확신했다. 꿈이 있는 것만으로도 행복했다. 꿈을 위해서 무엇인가를 준비하고 시작하는 것은 무척 설레는 일이다.

2. 패션 디자이너가 되려면 그림에 대한 기초가 있어야 했다. 18살은 그림 배우기에 너무 늦은 나이였다. 하지만 꿈을 위해서 망설임 없이 그림을 배우기 시작했다. 연필을 쥐고 떨리는 마음으로 선을 긋는 연습을 시작했다. 선배들이 그린 작품을 보면서 그 정도는 나도 쉽게 그릴 수 있을 것 같았지만, 작품은커녕 이미 굳어 버린 내 손으로는 선조차 그리기 힘들었다.

3. 이렇게 나는 5살 아이들이 배워야 할 기초부터 시작해서 매일 적어도 3시간씩 그림 그리기에 몰두했다. 시간이 있으면 하루 종일 화실에서 그림을 그렸다. 그림을 늦게 시작한 나에게는 모든 것이 버거웠다. 선생님이 가르쳐 주는 그리기 방법과 미술 이론은 어느 정도 이해할 수 있었지만 손만큼은 마음대로 움직이지 않았다. 너무 힘들어 포기하고 싶은 생각도 가끔 들었지만 끝까지 버티겠다고 다짐했다.

4. 하루도 빠짐없이 연습하다 보니 두 달이 지났을 때쯤 간단한 조형들을 그릴 수 있었다. 네다섯 달이 지나자 커튼, 꽃병, 과일도 그릴 수 있게 되었다. 반년이 넘어서야 다비드, 비너스, 볼테르 같은 석상을 그리는 과정에 들어갔다. 꽃병, 과일 그리기보다는 어려웠지만, 그나마 움직이지 않아서 오랫동안 그리면 실물과 비슷한 모양이 나왔다. 10개월쯤 지나 인물화를 그리는 과정에 들어갔는데 자꾸 움직이는 모델 때문에 도저히 어떻게 그려야 할지 몰랐다. 모델이 아무리 안 움직인다 해

도 눈은 계속 깜빡거렸고 숨 쉬느라 어깨를 들썩거렸다. 그 미세한 변화들을 어떻게 처리해야 할지 몰랐다.

⑤ 나의 애타는 모습을 본 선생님께서는 먼저 15분 동안 모델의 눈, 코, 입, 어깨, 손, 모든 비례를 잡고 처음 모델을 본 모습을 머릿속에 새겨두고 그리면 된다고 알려 주셨다. 선생님이 알려 준 방법대로 몇 번 연습했더니 완벽하지는 않았지만 사람 모양이 나왔다. 자신감이 생기면서 미친 듯이 계속 연습했다. 친구도 그려 보고 다른 사람의 작품들, 선생님의 그림들을 따라서 그려 보기도 하였다.

⑥ 1년의 노력 끝에 드디어 제대로 된 인물화를 그릴 수 있었다. 난생처음으로 그 한 장의 인물화를 완성한 순간 하늘로 날아오를 듯 짜릿했다. 다른 사람 눈에는 그저 보잘것없는 인물화에 불과하겠지만 나에게는 너무나 특별한 작품이었다. 그 한 장의 그림은 지난날의 모든 고생을 날려 버렸고 희망을 안겨 주었으며 내 꿈에 한 발짝 더 가까이 다가가게 해 주었다. 그 한 장의 그림이 나에게 준 행복은 무궁무진한 것이었다.

⑦ 꿈은 나에게 열정을 주었고 열심히 하면 안 되는 일이 없다는 것을 가르쳐 주었다. 나는 존 갈리아노처럼 훌륭하고 매력적인 디자이너, 자기만의 브랜드를 갖고 세계 유행을 이끌어가는 디자이너가 될 것이다. 지금으로서는 0.1%의 가능성밖에 없지만 이 꿈을 현실로 만들기 위해 나는 오늘도 힘차게 달리고 있다.

—

학생 글

내용 확인하기

다음 질문에 답을 써 보자.

1. 패션 디자이너가 되려면 무엇을 먼저 배워야 하는가?

_____

2. 글쓴이가 인물화를 그리게 되기까지의 과정을 정리해 보자.

(1) 선 긋기 연습 _____

(2) _____

(3) _____

(4) _____

(5) 인물화 그리기 _____

(6) _____

3. 움직이는 모델을 처음 그릴 때 무엇이 어려웠는가?

_____

_____

4. 선생님은 모델을 어떻게 그리라고 알려 주었는가?

_____

_____

고쳐 쓰기

다음은 둘째 마당에서 제시한 '묘사할 때의 주의 사항'에 초점을 맞추어 〈노력은 배신하지 않는다〉의 문제점을 지적한 글이다. 또 다른 문제점이 있는지 찾아보자.

이 글은 패션 디자이너가 되기 위해 그림 연습을 하면서 실력이 향상되는 과정을 기술하고 있는데, 전체적으로 구체성이 떨어진다. 예컨대, 선 그리기를 배웠을 때 처음 그린 선이 어떠했는지 묘사하지 않고 '이미 굳어 버린 내 손으로는 선조차 그리기 힘들었다.'로만 설명하고 있어 독자가 장면을 구체적으로 상상할 수 없다. 두 달이 지나 '간단한 조형들'을 그릴 수 있게 되었다는 것도 구체성이 떨어진다. 간단한 조형이 무엇인지, 그릴 수 있다는 건 어떤 수준을 말하는 것인지, '간단한 조형'과 네다섯 달 뒤에 그리게 된 '커튼, 꽃병, 과일'과는 어떤 차이가 있는지 분명하지 않다.

더욱이 그림 그리기를 배우면서 가장 절정의 순간이라고 할 문단 6 도 한 장의 인물화를 그리고 나서 맛본 기쁨을 '하늘로 날아오를 듯 짜릿했다'는 정도로만 뭉뚱그려 설명하고 있다. '하늘을 날아오를 듯 짜릿'하다는 표현은 진부할 뿐만 아니라 글쓴이만 알 수 있는 감정이다. 독자에게 비슷한 감정을 느끼게 하려면 자신이 완성한 인물화에 대한 묘사, 그것을 그리는 동안의 심리 상태, 그림 그릴 때의 주변 분위기, 완성했을 때의 내 모습을 좀 더 세밀하게 표현해야 한다.

위의 문제점을 바탕으로 문단 2 의 '처음 선을 그리는 장면'을 상상하여 한 문단의 글을 써 보자.

넷째 마당

여러분에게 '최고의 순간'은 언제인가?
그에 대해 5문단 정도의 글을 쓰되
서사와 장면 묘사가 잘 드러나도록 써 보자.

❶ 발상하기

브레인스토밍을 통해, '최고의 순간'과 관련된 아이디어를 생각나는 대로 나열하고
관련 있는 것들끼리 연결해 보자.

1. 커다란 깨달음이나 한없는 기쁨을 느낀 순간이 있는가?
2. 오랜 시간 노력하여 목표를 성취한 경험이 있는가?
3. 자신에게 닥친 어려움을 극복한 적이 있는가?

나열한 대상 가운데 가장 적합한 것을 골라 화제를 결정하자.

❷ 핵심 아이디어 정하기

결정한 화제에 대하여 자신의 생각을 한 문장으로 써 보자.

❸ 이야기 구성하기

글의 시작과 중간, 마무리를 어떻게 할지 흐름을 잡아 보자.

❹ 글감 찾기

각 구성 단계에 활용할 다양한 에피소드와 사건, 느낌 등을 나열해 보자.

❺ 개요 작성하기

각 문단에 어떤 내용을 배치할지 결정하고, 뒷받침할 글감을 선택하여 정리해 보자.

❻ 초고 쓰기

개요에 따라 초고를 써 보자.

❼ 제목 붙이기

글의 내용에 어울리는 자신만의 제목을 붙여 보자.

❽ 수정하기

다음 질문에 따라 초고를 평가하고, 부족한 부분을 수정하거나 다시 써 보자.

항목	세부 항목	아니오 ——————➤ 예				
총평	이 글을 또 읽고 싶은가? (매력적인 글인가?)	0	2	4	6	10
첫인상	제목이 흥미롭고 전체 내용을 압축하고 있는가?	0	2	4	6	8
	첫 문장이 흥미로운가? (계속 읽고 싶었는가?)	0	2	4	6	8
주제	주제를 한마디로 정리할 수 있는가?	0	2	4	6	8
	글의 주제가 새롭고 흥미로운가?	0	2	4	6	8
논리	글의 요지가 글 전체에 분명하게 드러나는가?	0	1	3	4	6
	적절한 예와 근거가 제시되어 있는가?	0	2	4	6	8
구성	각 문단이 적당한 길이로 나뉘어 있는가?	0	0.7	1.5	2	3
	각 문단의 주제문이 쉽게 정리되는가?	0	0.7	1.5	2	3
	머리말이 글의 주제와 내용을 암시하고 있는가?	0	1	2.5	3.5	5
	본문의 내용이 마지막에 잘 마무리되고 있는가?	0	1	2.5	3.5	5
	다음 문단으로 자연스럽게 넘어가는가?	0	1	2.5	3.5	5
문장	주어와 서술어의 호응이 정확한가?	0	2	4	6	6
	하나의 문장에 하나의 생각이 담겨 있는가?	0	1	2.5	3.5	5
	다양한 연결어미가 적절하게 쓰이고 있는가?	0	2	4	6	6
어휘	어휘의 쓰임이 정확한가?	0	0.7	1.5	2	3
	어휘와 표현이 다양하게 사용되고 있는가?	0	0.3	0.5	0.7	3

점수	평가	어떤 부분을 수정·보강해야 할까?
0~35	새로 쓰는 게 나음	
36~55	대폭 수정해야 함	
56~65	어정쩡함	
66~75	내용과 형식을 보강해야 함	
76~85	섬세한 마감이 필요함	
86~100	더 배울 게 없음	

제3장

나를
슬프게
하는 것

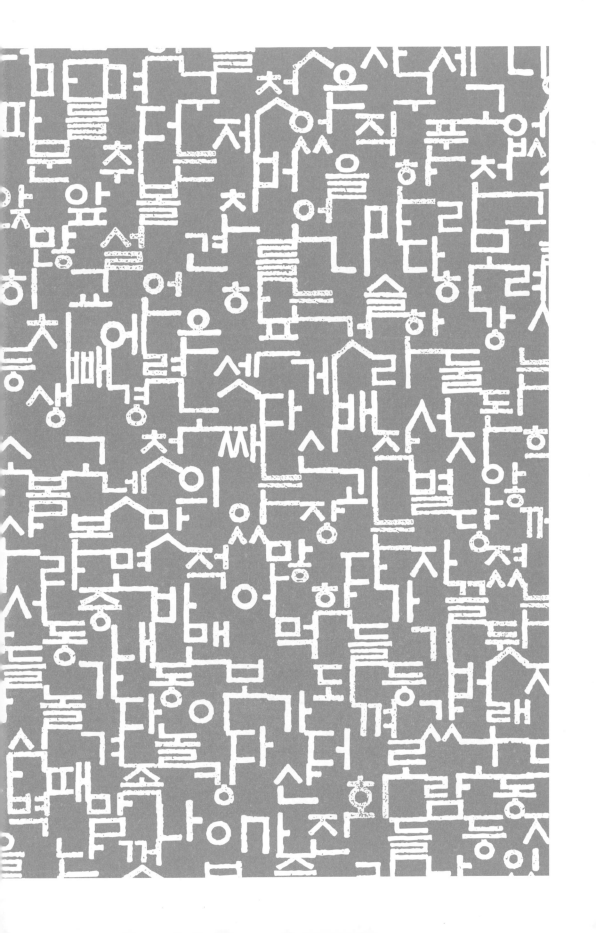

첫째
마당

주제에 대해 생각해 보기

다음에 대해 이야기해 보자.

1. 가까운 사람의 죽음을 옆에서 지켜본 적이 있는가?

2. 여러분이 죽을 때 누가 여러분 곁을 지켜 주면 좋겠는가?

3. 여러분이 죽음을 앞두고 있다면 누구에게 어떤 내용으로 유언장을 쓰겠는가?

훑어보기

다음 글의 제목과 첫 두 문단, 마지막 문단을 읽어 보자.

내용 예측하기

다음에 대해 상상하여 이야기해 보자.

1. 누가 언니의 병간호를 했을까?

2. 글쓴이는 왜 언니에게 미안한 마음을 갖고 있을까?

언니의 유언장

[1] 참으로 청명한 날, 언니가 세상을 떴다. 동료들과 점심을 먹으려고 음식점에 들어가 막 앉았는데 핸드폰이 울렸다. 조카의 목소리였다. "……이모 ……갔어. 조금 전에……."

[2] 오랜 병에 효자 없다고 하는데 언니 곁에는 망나니 자식 하나 없었다. 결혼을 한 적도 임신을 한 적도 없는 언니를 자매들은 박물관에 보관해야 할 '처녀'라고 놀렸다. 언니가 쉰세 살에 미국에서 어머니에게 보낸 편지는 우리 모두를 울렸다.

[3] ……어머니, 어머니의 소망을 이제는 거두십시오. 생전 처음 산부인과에 갔습니다. 얼마 전부터 오락가락하던 생리가 드디어 멎었다고 합니다. 늘그막에 아무라도 만나서 자식 낳고 살기를 기대하셨지만 이제 틀렸습니다. 그만 노심초사하시고 어머니의 건강만을 염려하십시오…….

[4] 언니의 사망 소식을 듣고 제일 먼저 생각난 것이 그 편지였다. 눈물이 쏟아졌다. 집안일로 잠깐 귀국했던 언니는 배가 아프다고 하여 병원에 갔다. 대장암이었다. 수술 여섯 시간 만에 나온 의사는 온몸에 암이 퍼졌다고 했다. 자궁과 대장의 암 조직은 수술로 제거했지만 간 쪽에 퍼진 암은 말기여서 손을 댈 수가 없었다고 했다. 언니는 주치의를 만나 자신의 병에 대해 자세히 물었다. 의사는 항암 치료를 권했다. 비위가 약한 언니는 한 번의 항암 치료를 하고 그만두었다. 항암 치료를 하면 6개월, 안 하면 3개월 산다는데 그런 고통 속에서 생을 마감하고 싶지 않다고 했다.

[5] 가족이 없다는 것, 혼자 산다는 것의 어려움, 각기 남편과 자식과 직업이 있는

형제들은 모두 '시간이 원수인 사람들'이었다. 그런 가운데서도 내 바로 위의 언니가 아픈 언니를 도맡아 지극히 간호했고 극진한 보살핌 덕에 건강이 많이 좋아져 생활의 근거가 있는 미국으로 떠났다. 마지막에는 귀국하여 진통제에 의지해 버티다가 3년을 살고 언니는 떠났다.

6 언니는 두 장의 유언장을 남겼다. 첫째 유언장에서 마지막 순간이 되면 형제자매, 조카들이 모두 손을 잡아 주고 기도하는 가운데 보내 달라고 당부했다. 시신은 곧바로 화장을 할 것이며 화장장에는 젊은 조카들만 가 달라고 했다. 부모의 죽음과 달리 형제의 죽음과 시신 처리 과정이 자매들에게 충격을 줄 것을 염려했던 것 같다. 화장한 재는 아버지의 무덤이 있는 곳에 뿌려 달라고 했다. 그리고 그날 저녁에는 병간호하느라 고생했던 친척 친지들이 정장을 하고 최고급 식당에서 아주 호사스럽게 와인을 곁들인 식사를 해 달라고 씌어 있었다. 두 번째 유언장은 재산 문제에 관한 것이었다. 연금과 보험이 미국에 어떻게 보관되어 있는데 모든 재산은 자신을 마지막까지 돌보아 준 신혼의 조카와 조카며느리에게 준다고 써 놓았다.

7 우리는 그렇게 했다. 조카들이 다투어 언니의 관을 들려 했고, 마지막까지 돌보아 주었던 조카가 큰조카는 아니지만 권리를 주장하고 나서서 유골 상자를 들고 앞장을 섰다. 아버지 무덤가에 아직 따뜻한 유골을 뿌리고 남은 재는 조카들이 조금씩 나누어 예쁜 항아리에 담아 지금도 조카들의 책장 한가운데에 있다. 모든 일을 끝낸 뒤, 언니가 별도로 마련해 둔 돈으로 우리는 저녁식사를 했다. 언니와 관련된 각자의 추억을 눈물과 웃음을 섞어 가며 이야기했고 슬픈 가운데서도 그것은 의미 있는 시간이었다.

8 그러나 이것은 겉모습일 뿐이다. 남들은 발병과 투병, 죽음과 장례식에 이르기까지 3년을 언니가 인간으로서의 자존심을 잃지 않은 채 보낼 수 있었던 것은 형제자매와 조카들의 지극한 보살핌 때문이었다고 칭송했지만, 실은 그렇지 않았다. 힘든 순간과 서로 못 견딜 순간, 가슴속에 앙금이 남은 그러한 순간들이 많았던 것이 사실이다. 처음에는 6개월이라는 세월이 너무 끔찍하여 서로 살얼음 밟듯 조심하면서 언니를 애지중지했다. 언니가 계속 잘 버텨내자 우리는 각자 갈등했다. 결코 희망이 없는 생인데 언제까지 계속될 것인가, 이렇게 길게 투병이 계속된다면 누가 언니를 맡아서 돌보아야 할 것인가에 대한 두려움도 있었다. 환자 특유

의 민감함과 어찌 보면 이기적인 태도에 짜증이 난 적도 많았다. 모두 입 밖에 내어 말한 적은 없었지만 언니의 죽음을 기다리고 있는 것이 아닌가 싶어 화들짝 놀라던 순간들이 우리 모두에게 있었던 것을 부인할 수 없었다.

⑨ 유품을 정리하다가 일기장과 병상 기록을 발견했다. 약은 무엇을 어느 정도 먹었으며, 고통은 어떤 방식으로 찾아왔는지, 어떻게 무섭게 온몸을 쥐어짜고 비틀다가 어떻게 스러져 갔는지, 어떤 음식을 먹었더니 어떤 증세를 보였는지도 상세히 기록했다. 사람에 대한 기록은 남은 형제들에게 깊은 고통을 주었다. 아주 민감하게 섭섭한 마음을 표시했고 우리가 아무렇지도 않게 내뱉은 말들이 언니에게 깊은 상처를 준 기록들도 있었다. 하나님 왜 나를 데려가지 않습니까, 라는 단말마적인 울부짖음도 있었지만, 구석구석에는 삶에의 강력한 의지와 기적을 바라는 구절들이 있었다.

⑩ 청명한 날, 언니는 떠났다. 기도원에 간 지 일주일 되는 날이었다. 도움 주는 이와 함께 기도를 한 뒤 밖에 산책을 나간 언니는 벤치에 앉았다가 숨을 거두었다. 혼자였다. 언니가 마지막 본 것은 무엇일까. 잠깐 잠깐 정신을 잃은 적이 있었으니까 그냥 가물거리는 정신으로 간 것인가, 아니면 하나님과 만나서 하나님의 손에 이끌려 간 것일까.

⑪ 언니가 간 지 6개월이 지났다. 언니는 우리의 생에서 사라졌다. 문득문득 언니 생각을 하지만 우리는 모두 언니가 세상에 살았던 적이 없었던 것처럼 언니의 일은 입에 잘 올리지 않는다. 삶과 죽음이 떼어 놓는 사람 사이의 거리가 이다지도 먼 것인가. 언니가 그렇게 쓸쓸하게 세상을 떴는데, 형제들에 대한 섭섭함을 한 번도 토로해 보지 못하고 세상을 떴는데, 그리고 이제 우리는 그런 언니의 마음을 뒤늦게 알게 되었는데, 우리는 어떻게 그런 일이 없었던 것처럼 잊고 살 수 있다는 말인가. 세상은 산 사람의 것이라지만, 죽은 사람은 자연스레 잊히는 거라지만, 언니에게 미안한 이 마음은 비수가 되어 죽는 날까지 마음속 깊은 곳에 자리 잡고 있을 것 같다.

—

김선주, 『이별에도 예의가 필요하다』, 한겨레출판사, 2010, 365~368쪽.

내용 확인하기

다음 질문에 답을 써 보자.

1. 언니는 왜 항암 치료를 거부했는가?

_____

_____

2. "시간이 원수인 사람들"(문단 ⑤)이 의미하는 바가 무엇인지 설명해 보자.

_____

3. 다음은 언니가 남긴 유언장의 일부를 작성해 본 것이다. 문단 ⑥을 참고하여 빈칸을 채워 보자.

사랑하는 동생들에게

(…) 내가 세상을 떠나는 마지막 순간, 아무도 울지 않았으면 좋겠구나. 그저 차분히, _____ 나를 보내 주렴. 내가 숨을 거두면 _____. 그리고, _____. 너희는 가지 않았으면 좋겠다. 언니의, 누나의 죽음을 겪는 것만으로도 충격이 클 너희가 내 시신을 처리하는 과정까지 보는 것을 나는 정말로 원하지 않는다. 그 시간에 너희는 조용히 집에 모여 나를 떠올리고 추억해 주었으면 한다. 화장한 재는 _____

나를 화장한 날 저녁, 병간호를 하느라 고생했던 모든 가족이 모여 식사를 했으면 좋겠구나. 내가 그날의 만찬을 위해 약간의 돈을 마련해 두었으니, 모두 _____

마지막으로, 그간 내가 모아 둔 돈은 3년간의 투병 생활로 거의 다 써 버리고 남은 것이 없다. 다만 미국에서 들어 둔 연금과 보험이 약간 있는데 이것은 결혼한 지 얼마 되지 않은 상황에서도 _____ 주고 싶다. 내 미안한 마음을 조금이라도 덜기 위함이니 꼭 받아 주기 바란다. (…)

---

4. 언니의 투병 생활이 길어지면서 가족들의 태도는 처음과 어떻게 달라졌는가?

_____

_____

5. 장례를 치른 후에 발견된 언니의 일기장에는 어떤 내용이 쓰여 있었는가?

(1) _____

(2) 고통으로 얼른 죽기를 바라는 한편 기적같이 낫기를 기대하는 마음

요약하기

요약이란 글에 들어 있는 중요한 생각을 간추려 다시 쓰는 것이다. 글의 전체적인 내용을 정리하는 요약 훈련은 대학에서 이루어지는 각종 학술 활동에 필수적이다. 수업에 활용되는 교재나 강의 자료를 자신의 것으로 만드는 과정, 그리고 시험에서 이를 다시 글로 풀어내는 과정에 요약은 결정적 역할을 한다. 또한 연구 보고서를 준비하기 위해 참조한 글의 핵심 사항을 정리해 두는 데에도 요약 능력이 필요하다.

요약문에는 배경 정보나 설명을 대부분 생략하고, 원문의 골자와 몇몇 세부 사항만을 담아야 하는데, 원문의 1/4 정도 분량으로 작성하는 것이 일반적이다.

요약을 할 때에는 다음과 같은 절차를 밟는 것이 좋다.

---

1. 글 전체를 꼼꼼히 읽는다.

분명하게 이해되지 않는 단어가 있다면 사전을 찾아가며, 글의 전체 내용을 완전히 파악해야 한다.

2. 중요한 부분을 표시하고 메모한다.

글의 주제나 핵심 생각이 들어간 문장이나 구절을 찾아 밑줄을 긋고, 이를 자신의 표현으로 써 본다. 그리고 나서 이를 뒷받침하는 세부 사항을 찾는다.

3. 요약문의 개요를 작성한다.

버릴 것을 결정하고, 주요 내용을 압축한다. 반복된 내용, 사례, 일화, 주제에서 벗어난 이야기, 대화, 인용, 부차적인 진술, 비유 표현, 농담, 통계 자료 등은 대부분 생략하는 것이 좋다.

4. 개요를 적절한 접속 표현으로 연결한다.

5. 자신의 메모를 참고하여 요약문을 완성한다.

6. 요약문을 다시 읽고 수정한다.

핵심 사항이 빠지지 않았는지, 요약문만으로도 충분한 완결성이 있는지, 원문 표현이 그대로 남은 것은 없는지 확인한다.

앞의 글 〈언니의 유언장〉에 대하여 위의 절차를 따라 본 것이다. 빈칸을 채워 보자.

---

1. 글 전체를 꼼꼼히 읽고, 중심 사건이 무엇인지 간단하게 적는다.

---

2. 각 문단의 중요한 부분을 표시하고 이를 자신의 표현으로 메모한다.

1 _____

2 _____ : 결혼을 한 적도 없고 임신을 한 적도 없었다

3 "자식 낳고 살기를 기대하셨지만 이제 틀렸습니다"

4 온몸에 퍼진 암

5 내 바로 위의 언니가 아픈 언니를 간호하였다

6 _____ : 장례 절차, 재산 문제

7 우리는 언니의 유언대로 평온하게 언니를 보냈다: 장례, 저녁 식사

8 그러나 사실 우리에게는 갈등의 순간이 많았다: 두려움, 짜증, 언니의 죽음을 기다리는 마음

9 _____ : 고통, 형제들에 대한 섭섭함

10 기도원에 간 지 일주일 되는 날, 언니는 혼자 벤치에 앉아 있다가 숨을 거두었다

11 _____

3. 요약문의 개요를 작성한다.

문단별로 정리한 위의 내용 중 요약을 할 때 버려야 할 문단이 있는가?

이유는 무엇인가?

1 글의 도입을 위해 언니의 죽음을 전해 듣던 상황을 묘사하고 있음, 죽었다는 사실은 뒤에도 나옴.

3 편지를 직접 인용하고 있음, 앞 문단에 대한 부차적인 진술임.

위의 문단들 가운데 더 긴밀히 연결되는 문단이 있다면 묶어 둔다. 요약문에서 순서를 바꿀 것이 있는지 확인하여 조정한다. 4 - 2 - 5 - 10 , 6 - 7 , 8 - 9 , 11

위의 순서에 따라 요약문의 개요를 작성한다.

내용 1. 4-2-5-10: 언니는 3년간 암 투병 생활을 하다가 죽었음

내용 2. 6-7: 언니의 당부대로 장례를 치름

내용 3. 8-9: 언니가 병상에 있을 때의 속마음을 알게 됨

마무리. 11: 언니에게 미안한 마음이 사라지지 않음

4. 개요를 적절한 접속 표현으로 연결한다.

언니는 3년간 암 투병 생활을 하다가 세상을 떠났고 우리 형제들은 언니의 당부대로 장례를 치렀다. 나중에 언니가 병상에 있을 때의 속마음을 알게 되었고 언니에게 미안한 마음이 사라지지 않는다.

5. 자신의 메모를 참고하여 요약문을 완성한다.

3년 전, 암이 온몸에 퍼졌다는 진단을 받은 언니는 6개월밖에 더 살 수 없다는 말에 항암 치료를 포기했다. 자식이 없는 언니의 병간호는 형제들의 몫이었다. 내 바로 위의 언니의 극진한 간호로 언니는 차도를 보이기도 했으나 마지막에는 진통제에 의지하여 버티다가 결국 3년 만에 세상을 떠났다. 언니가 남긴 유언대로 장례를 마무리하고 돌아온 날 저녁, 우리는 모두 모여 언니를 추억하며 식사를 했다.

남들이 보기에 우리는 모두 협심하여 언니의 마지막을 따뜻하고 아름답게 보낸 것 같지만 사실 우리에게는 갈등의 순간이 많았다. 투병 생활이 길어지면서 서로 짜증을 내기도 하고 때로는 언니의 죽음을 기다리는 것 같은 생각이 들기도 했다. 그런데 언니도 우리의 마음을 읽고 있었다. 뒤늦게 발견된 언니의 병상 기록과 일기장에는 언니가 병상에서 겪은 고통과 괴로움뿐만 아니라 우리들에 대한 섭섭한 마음도 고스란히 쓰여 있었다. 언니가 가고, 우리는 이제 아무도 언니에 대해 말하지 않지만 언니에게 미안한 마음은 죽는 날까지 남아 있을 것 같다.

위의 요약문을 다시 읽어 보면서 아래의 기준을 참고하여 요약이 잘 되었는지 평가해 보자.

요약문 점검하기

- 요약문의 길이는 적당한가?
- 요약문에 원문의 중심 생각이 드러나 있는가? 찾아서 밑줄을 그어 보라.
- 요약문에 뒷받침 내용들이 드러나 있는가? 찾아서 밑줄을 그어 보라.
- 요약문에 배경이 되는 정보나 인용, 부차적인 진술 등이 들어가 있는가?
- 요약문에 있는 정보의 제시 순서가 적절한가?
- 자신의 표현으로 쓰였는가?
- 적절한 접속 표현으로 자연스럽게 문장이 연결되는가?

제2장 첫째 마당의 글 〈괜찮아〉를 한 문단으로 요약해 보자.

둘째
마당

주제에 대해 생각해 보기

다음에 대해 이야기해 보자.

1. 여러분은 언제 울고 싶어지는가?

2. 여러분은 힘들고 외로울 때 무엇이 가장 먼저 떠오르는가?

3. 최근 사회에서 일어난 일 중 여러분의 마음을 아프게 한 일이 있었는가?

훑어보기

다음 글의 제목과 첫 두 문단, 마지막 두 문단을 읽어 보자.

내용 예측하기

다음에 대해 상상하여 이야기해 보자.

1. 글쓴이는 강에 대해 어떤 추억이 있을까?

2. 글쓴이가 강에 대해 기대하는 것은 무엇일까?

파괴된 강에서 우리는 작별한다

① 안쪽에 무엇이 있든, 사람은 때로 울고 싶어진다. 행복하다 스스로에게 되뇌며 일상을 안정적으로 살아간다고 해도 누구나 가슴이 먹먹해지는 순간이 있다. 그 순간은 각자의 사연에 따라 다르리라. 누군가는 사랑 때문에, 누군가는 고통 때문에, 누군가는 텅 빈 외로움 때문에 가슴을 쓸어내린다. 사실 사랑과 고통과 외로움은 같은 말이다. 그것이 몸속에서 화학 작용을 일으켜 밖으로 표출되는 가장 일반적인 통로는 울음일 것이다. 견딜 수 없어서 비명을 지를 때도, 입술을 꽉 물고 참아낼 때도 그것 또한 울음과 같다. 모두 울음의 다른 이름이고, 그것은 우리 삶의 필수적인 구성 요소이다. 넘치는 자본을 가지고 떵떵거리고 사는 자에게도, 하루하루 겨우 연명하는 가난한 자에게도 슬픔은 찾아온다. 모든 것이 주어진다고 늘 행복할 수 있을까.

② 그럴 때면 당신은 어디로 가고 싶은가? 어디에 가서 목 놓아 울거나 소리를 지르거나 고요히 침잠하고 싶을 때…… 그럴 때, 어디로 가야 할까.

③ 외할머니 댁은 시골 도로변에 있었다. 초등학생 시절, 엄마 손을 잡고 도로에 바로 인접해 있는 작고, 귀엽고, 아늑한 외할머니 댁의 문을 열고 들어가면서 나는 아무것도 나를 해치지 못하는 천상의 공간으로 들어가는 기분이었다.

④ 그러나 한밤중이면 자동차들은 굉음을 내며 간헐적으로 외할머니 집 주변을 맴돌았다. 도시에서 들리는 자동차 소리하고는 질이 달랐다고 할까. 한적한 곳에서 미친 듯이 질주하는 자동차 굉음은 집 전체를 흔들고 잠이 들려다 실패하는 내 온몸을 울렸다. 시골집에 와서 옛날이야기에 등장하는 귀신 같은 것에 홀리는 것이 아마도 정해진 추억의 에피소드라면, 나의 경험은 참으로 아이러니한 것일 수밖

에 없다.

⑤ 새벽까지 뒤척이며 잠들지 못하는 나를 꼭 안아 주던 외할머니. 그렇게 너무 일찍 일어난 나의 손을 잡고 외할머니는 도로를 건너 강둑으로 내려갔다. 한참 동안 강둑에 앉아 나는 외할머니와 함께 아침 해가 떠오르는 것을 보았다. 외할머니는 내 손을 잡았다가 내 머리를 쓸어 주다가 신기하게 생긴 풀을 꺾어 내 손에 쥐여 주면서 도란도란 그들에 대해 설명을 해 주었다. 그렇게 우리는 강물과 강물 주변에서 함께 어우러지던 나무와 풀들, 풀 속에 살던 곤충들, 물속에서 유영하는 물고기들과 함께 아침 해를 맞았다.

⑥ 그때 어린 내 마음속으로 천천히 흘러드는 서늘하게 일렁이던 물비늘들. 아침 해를 맞아 조금씩 부풀어 오르던 착한 물방울들.

⑦ 무릎을 모아 가슴께에 끌어안고 나는 천천히 울기 시작했다. 푸른 나무와 풀잎들을 지나 고요히 흘러가는 물의 끝을 바라보면서, 나는 울어도 좋을 것 같았다. 도대체 무엇이었을까. 어린 나에게 어떤 슬픔이 있었던 것일까? 이제 와 그때를 떠올리면 아무런 이유가 없었다는 생각이 든다. 그냥, 그저, 뭔지 모르지만, 맑고 투명한 강물의 흐름이 주는 알 수 없는 포근함 때문에, 그 청명한 물소리 때문에, 끝을 알 수 없는 물의 신비로운 질서 때문에, 아마도 그냥 울었던 것은 아닐까.

⑧ 나는 그 이후, 내 방의 책상 밑에서, 도시 어느 골목에서 혹은 이국의 여행지에서 울음을 터뜨리는 순간에는 언제나 강의 얼굴을 생각하게 된다. 내 모든 상처를 감싸 안아 줄 것 같은 강물의 품을 생각하게 된다. 누군가의 인위적인 손길이 닿지 않은, 새나 강아지, 염소 혹은 또 다른 연약한 동물이 와서 남몰래 울고 갔을 것 같은, 강물 속의 수많은 눈물을 생각하게 된다. 어디에서든 내가 흘린 눈물이, 배꼽 근처에서부터 뜨겁게 올라오는 울음이, 그 강물로 흘러갈 것이라는 생각을.

⑨ 아마도 당신, 당신의 강물 또한 내 강물과 만나서 함께 흐를 수 있지 않을까. 그것은 알 수 없는 신비로운 우주의 만남 같은 것이 아닐까.

⑩ 이제 그러한 강물의 바닥을 파헤치고, 주변에 시멘트를 바르고, 철근을 박고, 온갖 문명의 개칠을 하면서 우리의 소중한 만남은 오욕에 물들게 되었다. 이제 당신의 은밀한 눈물 또한 배를 드러낸 채 죽어 간 물고기처럼 처참하게 죽어 갈 것이다. 그렇게 우리는 권력이 빼앗아 간 우리의 가장 중요한 마음을 잃어버리게 될 것

이다. 당신과 나는 진정으로 만나지 못하게 될 것이다. 강을 뒤집어엎고 파괴하는 이 현실을 바꾸지 못한다면, 미안하지만, 당신, 안녕. 이렇게 미리 작별 인사를 할 수밖에 없게 될 것이다.

———

이영주, 「파괴된 강에서 우리는 작별한다」, 강은교 외, 『강은 오늘 불면이다』, 아카이브, 2011, 117~120쪽.

내용 확인하기

다음 질문에 답을 써 보자.

1. '울고 싶어지는' 때는 언제인지 문단 ①에서 찾아 정리해 보자.

(1) 가슴이 먹먹해지는 순간

(2)

(3)

2. 글쓴이의 외할머니 댁은 어떤 곳이었는가?

3. 글쓴이는 울고 싶거나 울게 될 때 왜 강을 떠올리는지 문단 ⑧에서 찾아 20자 이내로 정리해 보자.

4. 글쓴이가 어린 시절 할머니와 함께 본 강의 모습과 현재 강의 모습은 어떻게 다른가?

어린 시절 본 강의 모습: 문단 ⑤

현재 보고 있는 강의 모습: 문단 ⑩

원인 밝혀 쓰기

무슨 일이든 그냥 일어나는 일은 없다. 어떤 사건이 일어났다면 반드시 이유나 원인이 있다. 원인을 잘 밝혀 쓰면 이야기는 설득력을 얻게 되고 흥미진진해진다. 어디선가 비명 소리가 들렸다고 해 보자. 그렇다면 비명을 지른 사람이 있을 테고 그 사람이 비명을 지른 이유가 있을 것이다. 그러면 비명을 지르게 되기까지의 과정이나 사건을 더 자세하게 전개할 여지가 있다. 이처럼 에세이를 쓸 때에는 현상을 자세히 관찰하고 그에 대한 이유나 원인을 깊이 있게 제시할 필요가 있다. 이유나 원인 제시가 세밀할수록 독자는 글쓴이의 문제의식에 좀 더 공감할 수 있다.

한편, 학술적인 글이나 인과 관계 분석이 목적인 글에서라면 다음과 같이 인과 관계가 선명하게 드러나는 전개 방식을 선택하는 것이 좋다.

전개 방식 1   상황·사건 기술 (원인) ⟶ 결과 1, 결과 2, 결과 3, …

전개 방식 2   상황·사건 기술 (결과) ⟶ 원인 1, 원인 2, 원인 3, …

전개 방식 3   첫 번째 상황·사건 기술 (원인 1) ⟶ 결과 1
                               두 번째 상황·사건 기술 (원인 2) ⟶ 결과 2
                               세 번째 상황·사건 기술 (원인 3) ⟶ 결과 3

전개 방식 4   첫 번째 상황·사건 기술 (결과 1) ⟶ 원인 1
                               두 번째 상황·사건 기술 (결과 2) ⟶ 원인 2
                               세 번째 상황·사건 기술 (결과 3) ⟶ 원인 3

유용한 표현

• 이유나 원인을 나타낼 때에는 다음과 같은 표현을 활용할 수 있다.

-아/어서, -는 바람에, -(으)ㄴ/는 탓에, -느라고, -기 때문에, -(으)니까,

-(으)로 인해서, -(으)로 말미암아, -(으)므로, -더니, -았/었더니, -(으)ㄴ/는 덕분에,

-기에, -(ㄴ/는)다기에, -(ㄴ/는)다니까, -고 해서, -(느/으)니만큼, -(느/으)니만치,

-는 통에, -아/어서인지, -아/어서 그런지

• 결과를 나타낼 때에는 다음과 같은 표현을 활용할 수 있다.

-게 되다, -아/어지다

앞의 글 〈파괴된 강에서 우리는 작별한다〉의 상황·사건에 대한 원인(이유 및 계기)을 정리해

본 것이다. 빈칸을 채워 보자.

문단 ③, ④

상황 기술(이유 1) ──────────▶ **결과 1**

외할머니 댁이 도로변에 있었고 밤이면 _____

자동차들이 그 도로를 시끄럽게 질주했다. _____

문단 ⑤, ⑥

사건 기술(계기 2) ──────────▶ **결과 2**

_____ 해 뜨는 아침, 강가의

_____ 아름다운 풍경을 보았다.

문단 ⑦

사건 기술(결과 3) ──────────▶ **이유 3**

_____ 알 수 없는 포근함, 청명한 물소리,

_____ 그리고 물의 신비로운 질서

_____ 때문이었던 듯하다.

문단 8

상황 기술(결과 4) ━━━━━━━━━━▶ **이유 4**

나는 울게 될 때마다 언제나 강의 얼굴을   강은 내 모든 상처를

생각한다.   감싸 안아 줄 것 같다.

문단 10

상황 기술(결과 5) ━━━━━━━━━━▶ **이유 5**

_____   강이 파괴되면 위로받을 공간,

_____   우리의 소중한 마음을 나눌

_____   공간이 없어진다.

글쓴이가 강의 파괴를 왜 슬퍼하는지 잘 드러나도록 〈파괴된 강에서 우리는 작별한다〉를 요

약해 보자.

울고 싶을 때 나는 강을 생각한다.

_____

_____

_____

_____

셋째
마당

주제에 대해 생각해 보기

다음에 대해 이야기해 보자.

1. 여러분이 도전해 보고 싶은 일은 무엇인가?

2. 여러분은 어떤 것을 무서워하거나 두려워하는가?

3. 자기가 다른 사람에 비하여 모자란다고 생각하는 점이 있는가?

훑어보기

다음 글의 제목과 첫 문단, 마지막 문단을 읽어 보자.

내용 예측하기

다음에 대해 상상하여 이야기해 보자.

1. 글쓴이는 왜 "높은 곳에서 떨어지거나 속도가 빠른 놀이기구들"(문단 ①)을
탈 수 없을까?

2. 글쓴이가 처음 바이킹을 탔을 때 어떤 일이 있었을까?

넘을 수 없는 벽, 바이킹

☐   놀이동산은 빼어난 경치, 맛있는 음식, 재미있는 놀이기구 때문에 사시사철 많은 사람이 즐겨 찾는다. 사람들은 가족이나 친구들과 함께 놀이기구를 타고 즐기며 스트레스를 푼다. 특히 드롭 타워, 바이킹, 롤러코스터 등 높은 곳에서 떨어지거나 속도가 빠른 놀이기구들은 길게 줄을 서서 기다릴 정도로 인기가 좋다. 하지만 나는 아쉽게도 이런 놀이기구를 탈 수 없다.

☐   놀이동산을 가 본 적은 많다. 어려서부터 부모님과 함께 놀이동산에 가곤 했다. 초등학교 때만 해도 "너는 아직 어리니까 바이킹이나 롤러코스터 같은 놀이기구는 탈 수 없어."라는 부모님의 말씀이 당연하다고 생각했다. 위험하지 않은 아이용 놀이기구만 타고, 인기 많은 그 놀이기구들을 그저 바라보면서도 나 역시 크게 욕심내지 않았다.

☐   중학교에 올라가면서 봄, 가을 소풍 때 놀이동산을 단골로 가게 되었다. 첫 소풍을 가던 날, 나는 많이 흥분되고 설레었다. '나도 이제 바이킹 같은 놀이기구를 탈 수 있을까? 이제 아이가 아니니까 무섭지 않겠지?' 그러나 한 번도 시도해 본 적 없는 놀이기구들 앞에서 나는 마음을 정하지 못했다. 놀이기구를 타며 소리 지르는 사람들을 보면서 선뜻 용기가 나지 않았고, 결국 나는 친구들에게 손을 흔들어 주는 일밖에 할 수 없었다.

☐   좀 더 나이가 들어 고등학생이 되자 슬슬 내가 바보처럼 느껴졌다. 그래서 친한 친구들끼리 놀이동산에 갔을 때 큰맘 먹고 놀이기구를 타 보겠다고 결심했다. 친구들은 여전히 조금은 쭈뼛거리는 나를 데리고 바이킹 줄을 섰다. '왜 남들이 다 재미있어 하는 놀이기구 하나 타지 못할까. 사실 타 본 적이 없어서 그런 것이지 그다

지 무서운 일은 아닐 거야. 그렇게 무섭다면 저렇게 많은 사람이 즐거워할 리가 없잖아?' 줄이 줄어드는 내내 나는 이렇게 생각하며 스스로에게 용기를 주문했다.

5 드디어 우리 차례가 왔다. 친구들은 나를 끌고 맨 뒷자리로 갔다. 거기 앉아야 재미있다는 것이다. 입구가 닫히고 천천히 바이킹이 움직이기 시작했다. 처음에는 견딜 만하더니, 바이킹은 금세 속도를 내기 시작했고 점점 더 높이 올라만 갔다. 나는 눈을 질끈 감고 소리를 질렀다. 그러나 아무것도 보이지 않는 상황에서도 무시무시한 높이와 속도감은 그대로 느껴졌다. 바이킹이 흔들거리다가 나를 하늘로 날려 버리거나 땅에 내동댕이칠 것 같았다. 머리가 어지럽고 속이 울렁거렸다. 시간이 얼마나 지났을까. 드디어 나는 땅을 디딜 수 있었고 결국 화장실에 가서 실컷 토하고 말았다. 악몽 같은 경험이었다.

6 한국에 와서도 몇 번 에버랜드에 가 볼 기회가 있었다. 그곳에 갈 때마다 예쁘게 꾸며진 경치와 신나는 분위기에 나도 한껏 취하곤 한다. 그러나 그것이 끝이다. 고등학교 시절 처음 바이킹을 탔을 때의 기억이 나는 아직도 생생하다. 그 느낌이 떠오르는 순간 놀이기구를 타고 싶은 마음은 저절로 사라지고 나는 친구의 권유를 단호히 뿌리친다. 언젠가 다시 바이킹에 도전할 날이 있을까? 아직 아쉬운 마음이 남는 것을 보면 그럴지도 모른다. 그러나 적어도 한동안은 아닐 것이다.

—

학생 글

내용 확인하기

다음 질문에 답을 써 보자.

1. 글쓴이가 고등학생이 되기 전까지 바이킹이나 롤러코스터를 타지 않았던 이유는 무엇인가?

_____

_____

2. 처음 바이킹을 타기 위해 줄을 섰을 때 글쓴이는 무슨 생각을 하였는가?

_____

_____

3. 글쓴이는 바이킹을 탄 경험을 어떤 말로 표현하고 있는가? 그 이유는 무엇인가?

_____

_____

요약하기

앞의 글 〈넘을 수 없는 벽, 바이킹〉에 대한 다음 개요를 완성하고 이를 세 문장으로 요약해 보자.

내용 1 (1): 나는 놀이기구를 타지 못한다.

내용 2 (2,3):

내용 3 (4,5):

마무리 (6):

넷째
마당

[여러분을 슬프게 하는 것은 무엇인가?
그중 하나를 골라 7문단 정도의 글을 써 보자.]

❶ 발상하기

브레인스토밍을 통해, '나를 슬프게 하는 것'에 관련된 아이디어를 생각나는 대로 나열하고 관련 있는 것들끼리 연결해 보자.

1. 가장 많이 울어 본 때는 언제인가?

2. 다른 사람이나 사회적인 문제로 분노한 경험이 있는가?

3. 나의 마음속에 상처(콤플렉스, 트라우마)가 있는가?

나열한 대상 가운데 가장 적합한 것을 골라 화제를 결정하자.

❷ 핵심 아이디어 정하기

결정한 화제에 대하여 자신의 생각을 한 문장으로 써 보자.

❸ 이야기 구성하기

글의 시작과 중간, 마무리를 어떻게 할지 흐름을 잡아 보자.

❹ 글감 찾기

각 구성 단계에 활용할 다양한 에피소드와 사건, 느낌 등을 나열해 보자.

❺ 개요 작성하기

각 문단에 어떤 내용을 배치할지 결정하고, 뒷받침할 글감을 선택하여 정리해 보자.

❻ 초고 쓰기

개요에 따라 초고를 써 보자.

❼ 제목 붙이기

글의 내용에 어울리는 자신만의 제목을 붙여 보자.

❽ 수정하기

다음 질문에 따라 초고를 평가하고, 부족한 부분을 수정하거나 다시 써 보자.

항목	세부 항목	아니오				예
총평	이 글을 또 읽고 싶은가? (매력적인 글인가?)	0	2	4	6	10
첫인상	제목이 흥미롭고 전체 내용을 압축하고 있는가?	0	2	4	6	8
	첫 문장이 흥미로운가? (계속 읽고 싶었는가?)	0	2	4	6	8
주제	주제를 한마디로 정리할 수 있는가?	0	2	4	6	8
	글의 주제가 새롭고 흥미로운가?	0	2	4	6	8
논리	글의 요지가 글 전체에 분명하게 드러나는가?	0	1	3	4	6
	적절한 예와 근거가 제시되어 있는가?	0	2	4	6	8
구성	각 문단이 적당한 길이로 나뉘어 있는가?	0	0.7	1.5	2	3
	각 문단의 주제문이 쉽게 정리되는가?	0	0.7	1.5	2	3
	머리말이 글의 주제와 내용을 암시하고 있는가?	0	1	2.5	3.5	5
	본문의 내용이 마지막에 잘 마무리되고 있는가?	0	1	2.5	3.5	5
	다음 문단으로 자연스럽게 넘어가는가?	0	1	2.5	3.5	5
문장	주어와 서술어의 호응이 정확한가?	0	2	4	6	6
	하나의 문장에 하나의 생각이 담겨 있는가?	0	1	2.5	3.5	5
	다양한 연결어미가 적절하게 쓰이고 있는가?	0	2	4	6	6
어휘	어휘의 쓰임이 정확한가?	0	0.7	1.5	2	3
	어휘와 표현이 다양하게 사용되고 있는가?	0	0.3	0.5	0.7	3

점수	평가	어떤 부분을 수정·보강해야 할까?
0~35	새로 쓰는 게 나음	
36~55	대폭 수정해야 함	
56~65	어정쩡함	
66~75	내용과 형식을 보강해야 함	
76~85	섬세한 마감이 필요함	
86~100	더 배울 게 없음	

제4장

닮고 싶은 사람

첫째
마당

주제에 대해 생각해 보기

다음에 대해 이야기해 보자.

1. 여러분은 자신을 한마디로 '어떤 사람'이라고 표현하겠는가?

2. 누군가를 보면서 '저 사람처럼 살고 싶다'고 생각한 적이 있는가?

3. 20년 후 여러분은 어떤 모습으로 살고 있을까?

훑어보기

다음 글의 제목과 첫 문단, 마지막 문단을 읽어 보자.

내용 예측하기

다음에 대해 상상하여 이야기해 보자.

1. 글쓴이는 왜 '로맨티스트'로 소문이 났을까?

2. 글쓴이의 어머니와 이모는 어떻게 다른 삶을 살았을까?

엄마와 이모 사이에서

1. 어떤 점잖은 자리에서 나로선 지극히 평범한 발언을 했는데 참석자 가운데 한 사람이 "소문대로 로맨티스트군요" 했다.

2. 로맨티스트 하면 나는 우선 로맨스가 떠오른다. 또 진취적이고 모험심이 많고 눈앞의 현실보다는 저 먼 곳의 꿈을 중요하게 생각하는 모습이 그려진다. 나는 평생 호기심은 왕성했으나 곁눈질에 머물렀고, 모험에 목말랐으나 길을 잃는 것을 두려워했고, 진취적인 포즈를 취했으나 한 걸음도 앞으로 나간 적이 없다. 로맨스를 열렬히 좋아하지만 로맨스와는 거리가 멀게 살았다. 서울에서 태어나 서울 밖을 떠나 산 적도 없고, 친정집에서 남편과 살 집으로 옮겨와 내내 같은 이불에서 같은 천장을 바라보며 산다. 가끔 보는 거울 속의 내 얼굴보다는 마주 보는 남편 얼굴이 더 익숙한 그런 재미없는 사람이다. 언론인 이외의 직업은 이번 생에선 오래전에 포기했다.

3. 그런데 왜 사람들에게 내가 로맨티스트로 비쳤을까. 실제의 내 삶과 사람들이 보는 나는 왜 이렇게 180도 다른 것인가. 결국 말과 행동이 일치되지 않는 삶을 살았다는 증거가 아닌가. 나는 어쩌면 말과 행동이 다른 이중인격자일지도 모른다. 그것은 아마도 내가 어머니와 이모의 삶 사이에서 갈팡질팡하며 살았기 때문일 것이다.

4. 내 어머니와 이모는 둘 다 신여성이다. 그러나 두 자매는 전혀 다른 인생을 살았다. 어머니는 찢어진 내복을 입고 살았고 식구 수대로 옷을 만드느라 쉼 없이 재봉틀질을 했다. 뜨개바늘이 손에서 떠난 날이 없었다. 몸뻬바지를 입고, 김장을 수백 포기씩 했고, 한겨울엔 돼지피를 사다가 순대를 만들었고, 동지팥죽을 솥으로 쑤

었다. 집 안에는 엄마 쪽 친척, 아버지 쪽 친척이 늘 한두 명 같이 살았다. 방이 모자라 마당에 텐트를 친 적도 있다. 없는 살림에 대가족을 먹이고 입히느라 집 안은 어수선했다. 밥상은 전쟁터였다. 딸들에게 입만 열면 일부종사, 그러니까 여자는 어떤 일이 있어도 한 남자와 귀밑머리 파뿌리가 되도록 살아야 한다는 것을 귀에 못이 박이도록 주입시켰다. 실질적인 것 이외의 사치는 한 치도 용납을 안 했다. 서울로 유학 와 공부를 하고, 한때 모차르트를 좋아했고, 영화 〈부활〉을 보고, 방학 때 고향에 돌아가 외할아버지를 졸라서 집에 해먹을 매달아 그곳에 누워 책을 읽었다는 이야기를 믿을 수 없는, 낭만과는 거리가 먼 삶이었다.

⑤ 이모는 소설가였다. 생활이 어려워 잡지사 기자도 했고, 다방을 한 적도 있다. 어머니는 화장을 할 때 립스틱을 손에 조금 묻혀서 눈에 안 띄게 입술에 살짝 발라 줄 뿐이었다. 이모는 새빨간 립스틱을 통째로 입에 대고 입술선을 따라 정성을 들여 오른쪽에서 왼쪽으로, 다시 가운데로, 위아래로 짙게 발랐다. 나는 이모가 화장하는 모습을 넋 놓고 바라보곤 했다. 이모가 딸깍 핸드백을 열고 담뱃갑을 꺼내면 나는 얼른 성냥과 재떨이를 바쳤다. 내가 담배를 일찍 배우고 여자가 담배 피우는 데 거부감이 없었던 것은 지적이고 아름다운 작가인 내 이모가 담배를 피우던 매력적인 모습 때문이었을 것이다. 이모는 회색이나 남색 등 짙은 색의 남자 양복천으로 한복을 예쁘게 만들어 입었다. 당시 여자들의 한복은 유행에 따라 유똥(실크 소재)에서 벨벳, 나일론으로 변했지만 이모의 독특한 한복 차림은 커리어우먼의 징표처럼 느껴졌다.

⑥ 이모는 두 번의 결혼을 했다. 첫 남편은 다른 사람의 여자와 함께 북으로 갔다. 이모와 올망졸망한 아이들은 버려졌다. 이모의 두 번째 남편은 같은 소설가였다. 그는 자신의 아이들 넷을 떠나 이모와 결혼해 남의 자식 넷을 거두었다. 참 어렵게 살았다. 이모네 집은 오막살이를 면했을 뿐이지만 오붓해 보였고 한마디로 로맨틱했다. 항상 고즈넉했다. 이모는 예쁘게 화장하고 따뜻한 백열등 전구 밑에서 남편과 겸상을 해서 밥을 먹었다. 아이들은 다른 방에서 조용히 따로 밥을 먹었다. 뭔가 은근하고 아름다운 분위기가 이모네 집에는 있었다.

⑦ 엄마는 일부종사를 하고 아버지 곁에 나란히 묻혔다. 이모는 딸을 따라 미국에 가서 노인 아파트에서 혼자 살다 공동묘지에 묻혔다. 먹고사는 일에 급급해 보였

던 어머니는 한평생 자신의 손으로 돈을 벌어 본 적은 없다. 아버지의 그늘에서 살았다. 이모는 자신의 손으로 밥을 벌어먹고 살았다. 인생이 늘 곤두박질쳤지만 다시 일어서곤 했다. 모험과 도전을 서슴지 않았다. 새로운 일을 시도할 때마다 전 인생을 걸고 승부했다. 그러면서도 웃음과 립스틱을 잊지 않았다. 온 식구가 밥을 굶은 날 밤에도 조그만 등을 켜 놓고 조용히 글을 쓰던 이모의 삶을 어찌 사랑하지 않을 수 있을까.

9 자라면서 이모가 내 엄마였으면 얼마나 좋을까 생각한 적이 많다. 이모처럼 살겠다고 다짐하면서도 이모의 위태위태하고 아슬아슬한 삶이 두렵기도 했다. 결국 어머니의 삶에 내 뿌리를 내리고 살면서도 이모의 삶을 목을 길게 빼고 동경하며 산 것이 내 자화상이다. 내 이모를 사랑했듯이 나는 한결같이 로맨티스트들을 사랑했다. 그래서 내 주변에는 로맨티스트들이 들끓는다. 사람들에게 로맨티스트로 비쳤다는 것은 나에겐 이루지 못한 꿈을 이룬 것처럼 달콤한 일이다. 다음 생에선 진정한 로맨티스트로 살아야겠다.

―

김선주, 『이별에도 예의가 필요하다』, 한겨레출판사, 2010, 373~376쪽.

내용 확인하기

다음 질문에 답을 써 보자.

1. 글쓴이는 현재 어떤 삶을 살고 있는지 문단 ②와 ⑧을 참고하여 정리해 보자.

_____

_____

2. 글쓴이는 "로맨티스트"(문단 ②)를 어떤 사람이라고 생각하고 있는가?

_____

_____

3. 어머니의 결혼 전 모습과 결혼 후 모습은 어떻게 다른지 정리해 보자.

_____

_____

4. 이모네 집의 로맨틱한 모습을 글쓴이는 어떻게 표현하고 있는가?

_____

_____

비교하여 쓰기

비교는 둘 이상의 대상에 대해 비슷한 점 혹은 다른 점을 들어 각 대상의 특성을 드러내는 기술 방식이다. 글의 일부 문단에 비교를 이용할 수도 있고, 비교에 초점을 두어 글 전체를 작성할 수도 있다. 어떤 비중으로 작성되든, 비교에는 비교 대상, 비교 기준이 되는 특징, 자신의 관점이 명확하게 드러나야 한다.

비교 글을 전개하는 방식은 두 가지가 있는데, 글을 작성하기 전에 먼저 비교 대상과 기준에 따라 표를 만들고 어떤 식으로 배치할지 결정하는 것이 좋다.

전개 방식 1

대상 1의 특징 기술 ⟶ 대상 2로의 화제 전환 ⟶ 대상 2의 특징 기술

(대상 1과의 공통점 혹은

차이점을 두드러지게)

전개 방식 2

대상 1과 2의 ⟶ 대상 1과 2의 ⟶ 대상 1과 2의

첫 번째 특징 비교 두 번째 특징 비교 세 번째 특징 비교

유용한 표현

• 대상 간의 차이점을 기술할 때에는 다음과 같은 표현을 활용할 수 있다.

반면(에), 이에 비해, 이에 반해, -와 달리, (이와) 반대로,

-ㄴ/는 반면(에), -(으)ㄴ/는 데 비해, -(으)ㄴ/는 데 반해, -(으)ㄴ/는 것과 달리

앞의 글 〈엄마와 이모 사이에서〉에 대한 다음의 질문에 대답해 보자.

---

1. 비교 대상은 누구인가?

어머니와 이모

2. 두 대상을 비교하는 기준은 무엇인가?

전통적인 방식대로 살아 온 어머니의 삶과 이모의 낭만적인 삶

〈엄마와 이모 사이에서〉를 분석해 보자.

---

1. 다음은 앞의 글의 각 문단을 요약하고 글의 흐름을 분석한 것이다. 빈칸을 채워 보자.

| 머리말 | 1 나는 로맨티스트로 소문이 나 있다 | 나의 이중적인 모습 |

2 _____

3 나는 어머니와 이모의 삶 사이에서
갈팡질팡하며 살았다.

본문 1   4 어머니는 대식구를 책임지는 전통적인   어머니의 삶
여성의 모습으로 살았다.

본문 2   5 _____   이모의 로맨티스트로서의 삶

6 이모의 가정은 가난했으나 뭔가 은근하고
아름다운 분위기가 있었다.

본문 3   7 두 분은 살아서는 물론이고 돌아가실   어머니와 이모의 인생을
때까지도 달랐다   개괄적으로 비교

마무리   8 _____   내 삶에 반영된 어머니와
이모의 모습

2. 다음은 〈엄마와 이모 사이에서〉에 나타난 비교 내용을 본 것이다. 빈칸을 채워 보자.

	어머니	이모
옷차림	찢어진 내복, 몸뻬바지	_____
화장법	_____	립스틱을 통째로 입에 대고 짙게 발랐다
삶의 태도	먹고사는 일에 급급했다	_____
주로 한 일	_____	소설가, 잡지사, 다방 운영, 글쓰기
결혼 생활	_____	두 번의 결혼
경제 활동	자신의 손으로 돈을 벌어 본 적이 없다	_____
임종 후	남편 곁에 나란히 묻혔다	혼자 공동묘지에 묻혔다

위의 기준 중 가장 관련 있는 두 가지를 골라 어머니와 이모를 비교하는 글을 한 문단으로 작성해 보자.

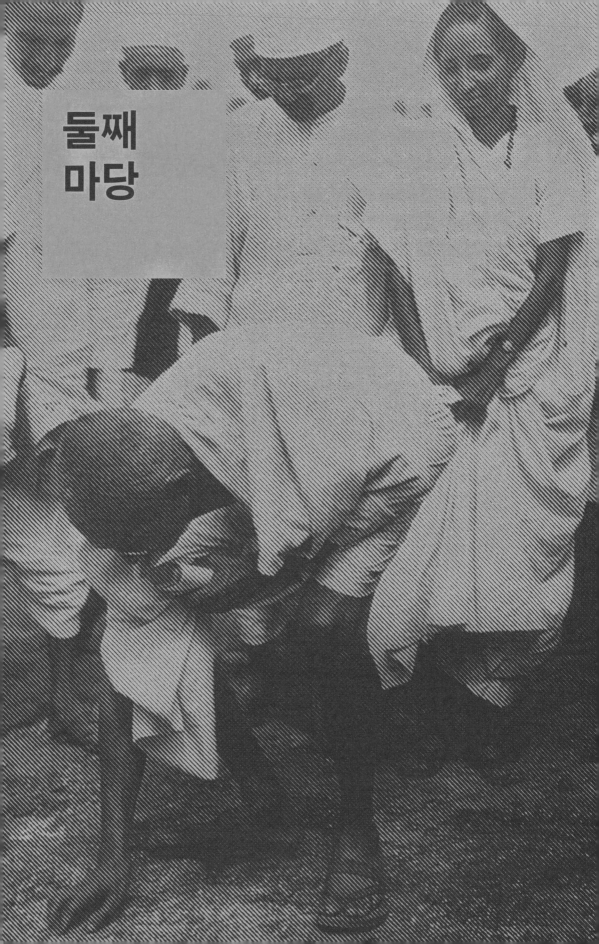

둘째
마당

주제에 대해 생각해 보기

다음에 대해 이야기해 보자.

1. 여러분은 나중에 어떤 집에서 살고 싶은가?
2. 사람이 살아가는 데 필요한 집의 조건은 무엇이라고 생각하는가?
3. 여러분은 "내게는 소유가 범죄처럼 느껴진다"는 간디의 말에 공감하는가?

훑어보기

다음 글의 제목과 첫 문단, 마지막 두 문단을 읽어 보자.

내용 예측하기

다음에 대해 상상하여 이야기해 보자.

1. 간디가 살았던 오두막은 어떤 집이었을까?
2. "불필요한 물건이나 상품들"(문단 ⑦)을 많이 가진 사람들은 왜 행복을 쉽게 느끼지 못하는 것일까?

간디의 오두막

1 마하트마 간디가 살았던 오두막에 앉아 있던 어느 날 아침 나는 이 오두막의 정신과 전언을 받아들이고자 노력했다. 내게는 두 가지가 크게 감명적이었다. 하나는 그 정신적인 면이었고, 다른 하나는 그 쾌적함이었다. 나는 그 오두막을 지을 때의 간디의 관점을 이해해 보려고 했다. 내게는 그 집의 단순성과 아름다움과 청결함이 참으로 좋았다. 간디의 오두막은 모든 사람과의 사랑과 평등의 원칙을 선언하고 있다.

2 멕시코에 있을 때 내게 제공되었던 집이 여러 가지로 이 오두막과 비슷한 것이었으므로 나는 이 오두막의 정신을 이해할 수 있었다. 이 오두막에는 일곱 종류의 장소가 갖추어져 있다. 입구에는 신발을 벗고, 집안으로 들어가기 전의 신체적, 정신적 준비를 위한 장소가 마련되어 있다. 그 다음에는 대가족을 수용할 수 있을 만큼 큰 중간방이 있다. 세 번째 공간은 간디 자신이 앉아서 일하던 곳이다. 두 개의 방이 더 있는데, 하나는 손님들을 위한 것이고, 다른 하나는 환자들을 위한 것이다. 노천 베란다가 하나 있고, 또한 넓은 욕실이 있다. 이 모든 방들은 서로 유기적인 관계를 가지고 있다.

3 부유한 사람들이 이 오두막을 본다면 아마 웃을지도 모른다. 내가 소박한 인도 사람의 관점에서 보았을 때, 나는 간디의 오두막보다 더 큰 가옥이 있어야 할 까닭을 알 수 없었다. 오두막은 나무와 진흙으로 만들어져 있다. 이 오두막을 짓는 작업은 인간의 손으로 이루어졌고, 단 하나의 기계도 사용되지 않았다. 나는 오두막이라고 불렀지만, 실은 훌륭한 집이다. 집과 가옥 사이에는 차이가 있다. 가옥은 사람들이 가구들과 소유물들을 보관하는 곳이다. 그것은 사람들

자신보다는 가구의 안전과 편의를 위해 마련된 곳이다.

④ 델리에서 내가 머문 가옥은 많은 편의 시설이 있었다. 그 건물은 이러한 편의 시설들의 관점에서 건축되었다. 그것은 시멘트와 벽돌로 만들어졌고, 가구와 기타 편의 시설들이 잘 어울리는 상자 같은 것이었다. 우리는 우리가 평생 동안 끊임없이 수집하는 가구나 기타 물품들이 우리에게 내면적 힘을 주지는 않는다는 것을 이해해야 한다. 이러한 물건들은 불구자의 목발 같은 것이다. 그러나 편의물들을 우리가 많이 가지면 가질수록 그 물건들에 대한 우리의 의존도는 더 커진다. 간디의 오두막에서 내가 발견한 가구는 전혀 다른 차원에 속하는 것이었다. 그 가구에 사람이 의존적으로 될 가능성은 거의 없었다. 사람들은 건강을 위해서 병원에 의존하고, 아이들의 교육을 위해서 학교에 의존한다. 그런데 실제로는 병원의 수는 그만큼 사람들의 불건강을 나타내고, 학교의 수는 그만큼 사람들의 무지의 정도를 나타낸다. 그와 마찬가지로, 소유물의 증가는 창조성의 표현을 줄어들게 한다.

⑤ 역설적인 것은 많이 가진 사람들이 우월한 존재로 간주된다는 것이다. 이것은 불행한 일이다. 의족을 사용하는 사람들이 우월한 존재로 간주된다면 이상한 일이 아니겠는가? 간디의 오두막에 앉아 있는 동안 나는 이러한 뒤틀림에 대해 곰곰이 생각하면서 마음이 슬펐다. 간디가 살았던 이 오두막보다 더 큰 장소를 가지고 싶어 하는 사람들은 마음과 몸과 생활 방식에서 가난한 자들이다. 그들은 자연과 거의 아무런 관계를 갖지 않으며, 그들의 동료 인간들과 거의 아무런 친밀성을 갖고 있지 않다.

⑥ 간디가 우리에게 가르쳐 준 소박한 접근 방법을 왜 이해하지 못하는지 설계가들에게 물었을 때, 그들은 간디의 방식이 너무 어렵기도 하고 사람들이 그걸 따를 수 없을 것이라고 말했다. 그러한 단순한 원리가 이해되지 않고 있다니 어떻게 된 일일까? 실제에 있어서, 일반 민중은 그러한 단순성의 원리를 완전히 이해하고 있다. 이해하기를 거부하는 사람들은 무엇인가 기득권을 가지고 있는 사람들뿐이다.

⑦ 간디의 오두막이 함축하는 것은 인도 사회와의 완전한 조화를 이룸으로써 가능해지는 기쁨이다. 우리는 사람들이 소유하고 있는 불필요한 물건이나 상품들

이 주위 환경으로부터 행복을 섭취할 수 있는 인간의 능력을 위축시킨다는 것을 깨달아야 한다.

⑧　간디의 이 오두막은 평범한 사람의 존엄성이 어떻게 고양될 수 있는가를 세상에 알려 주고 있다. 그것은 또한 우리가 단순성과 봉사와 진실성을 실천함으로써 얻을 수 있는 행복의 상징이기도 하다.

—

이반 일리치, 『녹색평론선집 1』, 녹색평론사, 1993, 52~54쪽.

내용 확인하기

다음 질문에 답을 써 보자.

1. 간디의 오두막에 있는 "일곱 종류의 공간"(문단 ②)은 무엇인가?

(1) _____

(2) 큰 중간방 _____

(3) _____

(4) 손님을 위한 방 _____

(5) _____

(6) _____

(7) 넓은 욕실 _____

2. 글쓴이는 "집"과 비교하여 "가옥"을 어떤 곳이라고 정의하였는가?

_____

_____

3. 간디의 오두막과 글쓴이가 델리에서 머문 가옥은 어떤 점에서 달랐는가?

_____

_____

4. 글쓴이가 "간디의 오두막보다 더 큰 장소를 가지고 싶어 하는 사람들"(문단 ⑤)을 어떻게 여기고 있는지 찾아보자.

(1) 마음과 몸과 생활 방식에서 가난한 자들 _____

(2) _____

(3) _____

개념 비틀기

　좋은 글은 창의적이다. 창의적인 글을 쓰기 위해서는 고정관념을 깨고 대상을 달리
볼 필요가 있다. 이는 대상에 대한 세심한 관찰에서 비롯된다. 글을 쓰기 전에 쓰고자
하는 대상을 자세히 들여다봐야 한다. 새롭게 보고 뒤집어 보고 비틀어 보며 자신의 시
각에서 끊임없이 질문을 던지고 문제의식을 확장해야 한다. 그리고 나서 자신의 개념으
로 대상을 다시 정리하면 사전적인 정의나 통념을 넘어 대상의 본질을 꿰뚫을 수 있다.

앞의 글 〈간디의 오두막〉에는 일반적인 통념과 달리 글쓴이가 새롭게 규정한 개념들이 있다.
이를 정리해 보자.

일반적인 통념	• 오두막: _____
	• 집: 사람이나 동물이 추위, 더위, 비바람 따위를 막고 그 속에 들어 　살기 위하여 지은 건물
	• 가옥: 사람이 사는 집
	• "편의물"을 많이 가지고 있다: 부유하다, 편리하다, 부럽다
	• 병원: _____
	• 학교: 아이들의 교육을 위해 존재하는 곳
	• "많이 가진 사람": 덜 가진 사람에 비해 우월한 존재
글쓴이의 개념 규정	• 오두막: 자연스러운 재료를 사용하여 사람의 손으로 만들어졌으며 　공간들이 유기적 관계를 가지고 있어 사람의 안전과 편의를 　지키는 데 적합한 집
	• 집: 사람의 안전과 편의를 위해 마련된 곳
	• 가옥: _____
	• "편의물"을 많이 가지고 있다: _____
	• 병원: 사람들이 건강하지 않음을 나타내는 척도가 되는 곳
	• 학교: _____
	• "많이 가진 사람": _____

다음 중 하나를 골라 대상에 대한 새로운 발상과 해석이 드러나도록 두 문단 정도의 글을 써 보자.

돈	선물	라면

셋째
마당

주제에 대해 생각해 보기

다음에 대해 이야기해 보자.

1. 첫인상이 특별했던 친구가 있는가?

2. 여러분은 계획을 세우면 그에 맞춰 잘 실행하는 편인가?

3. 여러분은 다른 사람들이 잘 하지 않는 엉뚱한 일을 벌여 본 적이 있는가?

훑어보기

다음 글의 제목과 첫 문단, 마지막 문단을 읽어 보자.

내용 예측하기

다음에 대해 상상하여 이야기해 보자.

1. 글쓴이는 "나와는 완전히 달랐"(문단 1)던 친구와 어떻게 친해졌을까?

2. 글쓴이는 친구의 어떤 점을 보고 '존경할 만하다'고 했을까?

부산 갈매기, 서울에 상륙하다

[1] 그와의 첫 만남은 꽤나 우연스러웠다. 대학교 입학식 날 고향 친구와 함께 학교 앞 식당에 점심을 먹으러 들어갔다. 북적거리는 손님들 틈에서 겨우 주문을 하고 한숨을 돌리자 옆 테이블에서 억센 부산 억양이 들려 왔다. 돌아보니 큰 키에 서글서글해 보이는, 그러나 누가 봐도 첫눈에 신입생 티가 나는 남학생이 넉살 좋게 주인에게 농담을 건네며 주문을 하고 있었다. 분명 서울에 처음 온 듯한데도 그는 낯설어하는 기색이 전혀 없었다. 새로운 환경에 놓여 잔뜩 주눅 들어 있는 나와는 완전히 달랐다.

[2] 그를 다시 만난 것은 신입생 환영회에서였다. 부산 갈매기. 처음에 자신을 그렇게 소개한 현석이는 개성이 매우 강하고, 자신의 주관도 뚜렷하고 무엇보다 항상 긍정적이지만 진지할 땐 진지한, 내가 생각하기에 꽤나 좋은 성격을 가졌다. 대인 관계 역시 흠잡을 만한 곳이 없어 보인다. 또한 그는 관심 가는 일에는 엄청 적극적이다. 거의 모든 분야에 관심을 갖기 때문에 어찌 보면 모든 일을 두루두루 다 하는 것처럼 보인다.

[3] 나는 엉뚱한 면이 꽤 많은 편이다. 현석에게서는 나와 다른 방식의 엉뚱함이 엿보였지만 그의 것 역시 매우 풍부해 보였다. 결국 우리는 '4차원' 동아리를 만들었다. 첫 모임은 보물 지도 제작이었는데 이는 회장인 현석이가 제안한 것으로, 각자 바라는 일이나 목표를 정해 커다란 코르크 판에 사진을 붙이고 간단히 내용을 적는 것이었다. 그렇게 완성된 것이 우리의 보물 지도다. 남은 과제는 매주 자신의 보물 지도를 보면서 성찰의 기회를 갖고 목표를 더 다지는 일이었다. 아직 나는 이를 제대로 지키지 못하고 있는데 현석이는 역시나 벌써 여러

가지를 달성했다.

④ 그가 처음으로 달성한 보물 지도 리스트는 머리 스타일 바꾸기다. 30가지 머리를 하겠다는 그의 리스트를 어이없어 하던 나를 비웃듯 그는 정말 특이한 머리를 시도했다. 옆머리는 짧게 밀고 가운데 머리만 남겨서 염색과 파마를 했다. 가뜩이나 187㎝라는 큰 키에 머리까지 튀니, 이제는 전교생이 그를 한번쯤 우연히 보고 기억한다고 해도 과언이 아닐 듯싶다.

⑤ 지금까지 내가 바라본 현석이는 멋지고 상당히 괜찮은 사람이다. 학업에도, 취미 생활에도 소홀히 하지 않는 그의 모습을 보면서 항상 대단하다는 생각이 든다. 그에게는 내가 그저 그런 얕은 관계 속의 많은 친구 중 하나일지 몰라도 그는 내 인생에 존경할 만한, 아주 독특한 인물로서 기억될 것이다.

―

학생 글

내용 확인하기

다음 질문에 답을 써 보자.

1. 글쓴이가 말한 현석이의 "좋은 성격"을 문단 ②에서 찾아 나열해 보자.

(1) 개성이 강하다

(2) _____

(3) _____

(4) _____

(5) _____

(6) _____

2. 두 사람이 "보물 지도"(문단 ③)를 어떻게 만들어 활용했는지 순서대로 써 보자.

(1) 바라는 일이나 목표를 정한다

(2) _____

(3) _____

3. "전교생이 기억"(문단 ④)할 만한 현석이의 외모는 어떠했는가?

_____

_____

고쳐 쓰기

단번에 훌륭한 글을 쓰기는 어렵다. 글을 작성한 후에는 반드시 수정을 거쳐야 한다. 글을 고친다는 것은 비문법적인 문장을 바로잡는 정도만을 말하는 것은 아니다. 먼저 글 전체를 대상으로 내용이 충분한지, 흐름이 적절한지부터 살펴야 한다. 쓰고자 했던 주제가 흥미롭게 잘 드러나 있는지, 단락이 잘 배치되어 있는지, 문장이 논리적으로 전개되고 있는지 등을 여러 차례 점검한 후 마지막으로 문장과 맞춤법을 확인한다.

따라서 글을 쓴 후에는 다음과 같은 질문을 통해 글의 수정 방향을 잡아야 한다. 이 질문에 답하다 보면, 자연스럽게 글의 부족한 점을 찾을 수 있을 것이다.

총평	이 글을 또 읽고 싶은가? (매력적인 글인가?)
첫인상	제목이 흥미롭고 전체 내용을 압축하고 있는가?
	첫 문장이 흥미로운가? (계속 읽고 싶었는가?)
주제	주제를 한마디로 정리할 수 있는가?
	글의 주제가 새롭고 흥미로운가?
논리	글의 요지가 글 전체에 분명하게 드러나는가?
	적절한 예와 근거가 제시되어 있는가?
구성	각 문단이 적당한 길이로 나뉘어 있는가?
	각 문단의 주제문이 쉽게 정리되는가?
	머리말이 글의 주제와 내용을 암시하고 있는가?
	본문의 내용이 마지막에 잘 마무리되고 있는가?
	다음 문단으로 자연스럽게 넘어가는가?
문장	주어와 서술어의 호응이 정확한가?
	하나의 문장에 하나의 생각이 담겨 있는가?
	다양한 연결어미가 적절하게 쓰이고 있는가?
어휘	어휘의 쓰임이 정확한가?
	어휘와 표현이 다양하게 사용되고 있는가?

위의 질문을 통해 앞의 글 〈부산 갈매기, 서울에 상륙하다〉의 수정 방향을 정리해 보자.

---

1. 또 읽고 싶을 만큼 매력적인가?

재미있기는 하나 전적으로 공감하기는 어렵다.

2. 제목이 흥미롭고 전체 내용을 압축하고 있는가?

전체 내용을 담고 있지는 않지만 흥미를 끌기에는 충분하다.

3. 첫 문장이 흥미로운가?

전개될 내용에 대해 궁금증을 일으킨다.

4. 주제를 한마디로 정리할 수 있는가?

마무리 문단에 직접 기술하고 있는 내용이 이 글의 주제라고 보기는 어렵다.

5. 글의 주제가 새롭고 흥미로운가?

위인이 아니라 글쓴이와 크게 다르지 않은 주변 인물에게서 닮고 싶은 점을 발견했다는 것이 흥미롭다.

6. 글의 요지가 글 전체에 분명하게 드러나는가?

친구의 엉뚱한 면과 적극적으로 실행에 옮기는 성격 등이 잘 드러나 있다.

7. 적절한 예와 근거가 제시되어 있는가?

문단 ②에 친구의 여러 장점(긍정적이고 진지한 태도, 원만한 대인 관계, 적극적인 성격)이 기술되어 있으나 근거로 제시한 사례는 '머리 스타일 바꾸기' 하나뿐이다.

8. 각 문단이 적당한 길이로 나뉘어 있는가? 그렇다.

9. 각 문단의 주제문이 쉽게 정리되는가? 대체로 그렇다.

① 현석이는 첫 만남부터 흥미로운 존재였다.
② 현석이는 좋은 성격을 가졌다.
③ 우리는 하고 싶은 일을 정해 보물 지도로 만들었다.

나와 달리 현석이는 여러 가지를 달성했다.

④ 현석이는 머리 스타일 바꾸기를 시작했다.

⑤ 현석이는 내 인생에 존경할 만한, 아주 독특한 인물이다.

하지만 문단 ③에는 두 가지 생각이 담겨 있어서 주제문을 하나로 정리하기가 어렵다.

10. 머리말이 글의 주제와 내용을 암시하고 있는가? 비교적 그렇다.

11. 본문의 내용이 마지막에 잘 마무리되고 있는가?

마무리 문단에서까지 현석이라는 친구에만 집중하다 보니 개인에 대한 가벼운 칭찬만 늘어놓고 말았다. 더욱이 본문에 비해 지나치게 추상적이고 직접적인 단어로 정리하고 있다.

12. 다음 문단으로 자연스럽게 넘어가는가?

③의 마지막 문장은 ④로 넘기는 것이 자연스럽다.

④ 이후에 내용이 더 전개될 듯하다가 갑작스럽게 ⑤로 넘어가면서 마무리가 되었다.

13. 주어와 서술어의 호응이 정확한가?

현석에게서는 나와 다른 방식의 엉뚱함이 엿보였지만 <u>그의 것 역시 매우 풍부해 보였다.</u> (문단 ③)

<u>첫 모임은 보물 지도 제작이었는데</u> (문단 ③)

: 주어와 서술어가 자연스럽게 연결되지 않는다.

14. 하나의 문장에 하나의 생각이 담겨 있는가?

처음에 자신을 그렇게 소개한 현석이는 개성이 매우 강하고, 자신의 주관도 뚜렷하고 무엇보다 항상 긍정적이지만 진지할 땐 진지한, 내가 생각하기에 꽤나 좋은 성격을 가졌다. (문단 ②)

첫 모임은 보물 지도 제작이었는데 이는 회장인 현석이가 제안한 것으로, 각자 바라는 일이나 목표를 정해 커다란 코르크 판에 사진을 붙이고 간단히 내용을 적는 것이었다. (문단 ③)

: 문장이 너무 길다. 한 문장에 여러 생각이 담겨 있어 쉽게 읽히지 않는다.

15. 다양한 연결어미가 적절하게 쓰이고 있는가?

전교생이 그를 한번쯤 우연히 보고 기억한다고 해도 과언이 아닐 듯싶다. (문단 ④)

그의 모습을 보면서 항상 대단하다는 생각이 든다. (문단 ⑤)

: 문법적으로 올바르지 않은 연결어미를 사용하고 있다.

16. 어휘의 쓰임이 정확한가?

그는 관심 가는 일에는 엄청 적극적이다. (문단 ②)

결국 우리는 '4차원' 동아리를 만들었다. (문단 ③)

이제는 전교생이 그를 한번쯤 우연히 보고 기억한다고 해도 과언이 아닐 듯싶다.
(문단 ④)

: 어휘가 불필요하거나 쓰임이 부적절하다.

17. 어휘와 표현이 다양하게 사용되고 있는가?

부사가 지나치게 많이 들어가 있다.

어떤 부분을 수정·보강해야 할까?

• ②에서 기술된 친구의 여러 장점(긍정적이고 진지한 태도, 원만한 대인 관계, 적극적인 성격)을 잘 드러내는 또 다른 사례를 문단 ④ 뒤에 추가해야 한다.

• 문단의 통일성을 위하여 ③의 마지막 문장을 ④의 맨 앞으로 넘긴다.

• '앞으로도 계속 독특한 인물로 기억될 것'이라는 둥의 말은 진부하다. 본문에서 제시한 친구의 특징을 압축적으로 보여 주는 것이 좋다. 흥미로운 제목을 활용하여 '서울'이라는 공간에서 그 친구의 엉뚱한 생각과 행동이 어떻게 빛을 발할지 기대를 담아 마무리하는 것이 좋다.

위의 13~16에서 제기된 문제를 수정하여 문장을 다시 써 보자.

〈부산 갈매기, 서울에 상륙하다〉의 마지막 문단을 다시 써 보자.

넷째
마당

[여러분이 닮고 싶은 사람은 누구인가?
그 사람이 잘 드러나도록 7문단 정도의
글을 써 보자.]

❶ 발상하기

브레인스토밍을 통해, '내가 닮고 싶은 사람'에 관련된 아이디어를 생각나는 대로 나열하고
관련 있는 것들끼리 연결해 보자.

1. 여러분의 말투나 행동 방식, 세계관을 바꾼 사람은 누구인가?

2. 여러분에게 큰 영향을 끼친 사람은 누구인가?

3. 여러분이 꿈꾸던 삶을 미리 성취한 사람은 누구인가?

나열한 대상 가운데 가장 적합한 것을 골라 화제를 결정하자.

❷ 핵심 아이디어 정하기

결정한 화제에 대하여 자신의 생각을 한 문장으로 써 보자.

❸ 이야기 구성하기

글의 시작과 중간, 마무리를 어떻게 할지 흐름을 잡아 보자.

❹ 글감 찾기

각 구성 단계에 활용할 다양한 에피소드와 사건, 느낌 등을 나열해 보자.

❺ 개요 작성하기

각 문단에 어떤 내용을 배치할지 결정하고, 뒷받침할 글감을 선택하여 정리해 보자.

❻ 초고 쓰기

개요에 따라 초고를 써 보자.

❼ 제목 붙이기

글의 내용에 어울리는 자신만의 제목을 붙여 보자.

❽ 수정하기

다음 질문에 따라 초고를 평가하고, 부족한 부분을 수정하거나 다시 써 보자.

항목	세부 항목	아니오				예
총평	이 글을 또 읽고 싶은가? (매력적인 글인가?)	0	2	4	6	10
첫인상	제목이 흥미롭고 전체 내용을 압축하고 있는가?	0	2	4	6	8
	첫 문장이 흥미로운가? (계속 읽고 싶었는가?)	0	2	4	6	8
주제	주제를 한마디로 정리할 수 있는가?	0	2	4	6	8
	글의 주제가 새롭고 흥미로운가?	0	2	4	6	8
논리	글의 요지가 글 전체에 분명하게 드러나는가?	0	1	3	4	6
	적절한 예와 근거가 제시되어 있는가?	0	2	4	6	8
구성	각 문단이 적당한 길이로 나뉘어 있는가?	0	0.7	1.5	2	3
	각 문단의 주제문이 쉽게 정리되는가?	0	0.7	1.5	2	3
	머리말이 글의 주제와 내용을 암시하고 있는가?	0	1	2.5	3.5	5
	본문의 내용이 마지막에 잘 마무리되고 있는가?	0	1	2.5	3.5	5
	다음 문단으로 자연스럽게 넘어가는가?	0	1	2.5	3.5	5
문장	주어와 서술어의 호응이 정확한가?	0	2	4	6	6
	하나의 문장에 하나의 생각이 담겨 있는가?	0	1	2.5	3.5	5
	다양한 연결어미가 적절하게 쓰이고 있는가?	0	2	4	6	6
어휘	어휘의 쓰임이 정확한가?	0	0.7	1.5	2	3
	어휘와 표현이 다양하게 사용되고 있는가?	0	0.3	0.5	0.7	3

점수	평가	어떤 부분을 수정·보강해야 할까?
0~35	새로 쓰는 게 나음	
36~55	대폭 수정해야 함	
56~65	어정쩡함	
66~75	내용과 형식을 보강해야 함	
76~85	섬세한 마감이 필요함	
86~100	더 배울 게 없음	

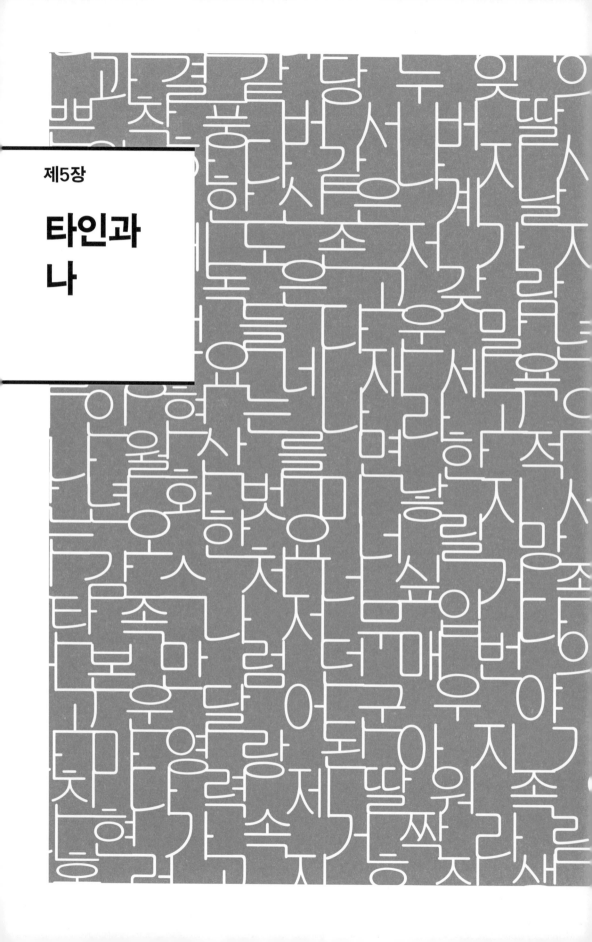

제5장

타인과
나

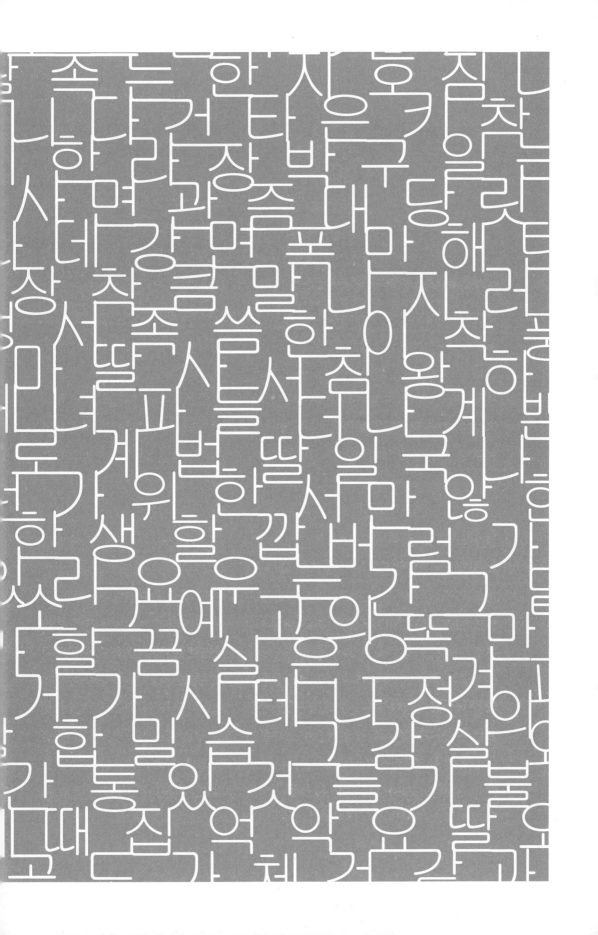

첫째
마당

주제에 대해 생각해 보기

다음에 대해 이야기해 보자.

1. 부모님에게 여러분은 어떤 아들 혹은 어떤 딸인가?

2. 좋은 가족이란 어떤 가족일까?

3. 여러분은 좋은 가족, 좋은 친구가 되기 위해 노력하는 편인가? 어떤 노력을 하는가?

훑어보기

다음 글의 제목과 첫 문단, 마지막 문단을 읽어 보자.

내용 예측하기

다음에 대해 상상하여 이야기해 보자.

1. 글쓴이와 엄마 간의 대화(문단 1)가 이어진다면 어떤 내용의 대화가 오갈까?

2. 마무리에서 말하는 '열린 가족'이란 무슨 뜻일까?

착한 딸과 나쁜 딸년

① 당신에게도 가족이 있나요? 가족. 그래요. 가족.

"엄마, 일본의 유명한 영화감독이 그랬대. 가족은, 누가 보지만 않는다면 내다 버리고 싶은 존재라고."

"그래? 아무도 안 본다면, 그러고 싶은 사람들이 있을지도 모르겠다. 나? 나는 너를 제일 먼저 갖다 버릴 거야. 말도 지지리 안 듣는 딸. 그런데 아마 너는 나를 못 버릴걸. 엄마 없으면 불편해서 네가 어떻게 사니?"

② 아, 역시 우리 엄마, 너무 많은 걸 알고 계시군요. 고백합니다. 수많은 당신들처럼 저도 누군가의, 매우 이기적인 가족입니다. 가족 관계도에서 '장녀'라는 위치를 맡고 있는 저는 세상의 모든 딸이 딱 두 부류로 나누어져 있음을 잘 알아요. 착한 딸과, 나쁜 '딸년'!

③ 안타깝고 통탄스러운 일이지만 부모님에게 어쩐지 저는 후자인 것만 같네요. "너랑 똑같은 딸 낳아서 한번 키워 봐라." '딸년'을 향해 날릴 수 있는 최대치의 저주가 겨우 그만큼이라는 건 오래전에 파악했으므로 별로 두렵지 않아요. 물론, 저를 제외한 다른 집 딸들은 죄다 '착한 딸'이라는 엄마 말씀도 더 이상 믿지 않지요. 가끔 억울할 때도 있습니다. 집 밖에서라면 사실, 저도 꽤 반듯하고 성실한 인간이기 때문이에요. 하긴 누군들 안 그렇겠어요. 대문 밖을 나서자마자 우리들은 좋은 친구, 좋은 애인, 좋은 회사원, 심지어 좋은 유권자가 되기 위해 동분서주하잖아요. 그렇다면 당신은 단 한 번이라도 누군가의 좋은 가족이 되기 위해 노력해 본 적 있나요? 혹자는 이렇게 항변할지도 모르겠네요. "노력이라니, 가족을 모독하지 말라고. 가족은 그런 게 아냐. 〈집으로…〉라는 영화도 못 봤나? 이 험한 세계의 유

일한 등불, 가족의 사랑은 본능적으로 무조건적이고, 그래서 고귀한 거야."

4 　그러나, 지친 영혼을 고결하게 감싸 주는 쉼터이기 전에, 혹은 귀찮아서 벗어던지고 싶은 무거운 짐짝이기 전에, 가족은 사람과 사람 사이의 공동체가 아니었던가요? 나와 똑같은 피와 살과 감정을 가진 타인에게 '사랑' 또는 '본능'이라는 이름으로 맹목적이고 일방적인 희생만을 강요한다면 그건 파시즘만큼이나 부당한 일일 거예요. 친밀감을 가장한 폭력이 더 위험한 법이잖아요. 가사 노동의 알맹이만 쏙 빼먹고는 집 밖을 나서는 순간 말끔한 얼굴이 되는 당신, 영화 속 외할머니의 가없는 희생에 주르륵 눈물 흘리며 속죄의 카타르시스를 은밀히 만끽하는 당신, 그리고 나.

5 　아름답고 환한 계절 오월이 어김없이 돌아왔습니다. '가정의 달'이 이미 달력 속에 박제된 구호일지라도, 잊지 마세요. 가족은 생생한 욕망으로 살아 펄떡이는 '인간들'의 유기체라는 것을. 그리고 이렇게 '열린 가족'은 '닫힌 가족주의'보다 아름답다는 것을. 세상의 모든 합리적 관계들처럼 가족도 결국 타자에 대한 이해와 소통의 공간이어야 할 테니까 말이에요.

—

정이현, 『풍선-정이현 산문』, 마음산책, 2007, 235~237쪽.

내용 확인하기

다음 질문에 답을 써 보자.

1. 글쓴이는 가족 속에서 스스로를 어떻게 평가하고 있는가?

_____

_____

2. 글쓴이가 가끔 억울하게 느끼는 것은 무엇 때문인가?

_____

_____

3. 사람들은 흔히 '가족'을 어떻게 이해하는가? 이 글에 나타난 표현을 찾아보자.

(1) "이 험한 세계의 유일한 등불"

(2) _____

(3) _____

4. "친밀감을 가장한 폭력"(문단 4)은 어떤 모습으로 나타나는가?

_____

_____

비판적 읽기: 관점을 파악하라

글을 비판적으로 읽는 중요한 과정 중 하나는 관점을 파악하는 것이다. 글쓴이의 선입관이나 편견이 지나치게 들어간 글은 아예 보편적인 공감을 불러일으키지 못한다. 그러나 글쓴이의 입장에 따라 동일한 사안에 대해서 다른 의견이 제시될 수도 있는데, 글쓴이의 관점을 파악하면 그 의견을 보다 객관적으로 바라볼 수 있다. 관점 파악 능력은 다양한 주장과 의견을 담고 있는 글을 읽을 때 더욱 유용하다.

글을 읽은 후, 다음과 같은 질문을 던져 보자.

---

1. 글쓴이는 어떤 사람인가?

나이, 성별, 직업, 관심사, 성격 등 글쓴이에 대해 최대한 많은 정보를 확보하라.

2. 평가의 감정이 실린 단어들이 어느 곳에 어떻게 쓰였는가?

긍정적 혹은 부정적인 의미를 가진 어휘들이 어떤 부분에 사용되었는지 확인하라.

3. 글쓴이의 관점에 다소 치우친 점은 없는가?

글쓴이와 다른 입장에 서 보라.

〈착한 딸과 나쁜 딸년〉에 대하여 위의 질문을 검토해 보자.

---

1. 글쓴이는 어떤 사람인가? 글에서 힌트가 될 만한 표현을 찾아보자.

---

2. 평가의 감정이 실린 단어들이 어느 곳에 어떻게 쓰였는가? 글에서 찾아보자.

말도 지지리 안 듣는 딸 / 나쁜 '딸년' /

---

3. 글쓴이와 다른 입장(아들, 엄마, 아빠)에 서 보자. 글쓴이와 다른 생각을 하게 될까?

문체 활용하기

글은 단어 선택이나 구성 방식, 형식성의 정도에 따라 그 맛이 달라진다. 글에서는 준말을 거의 쓰지 않으며, 비격식체인 '해(요)'체나 높임의 '합니다'체 대신 주로 '한다'체를 사용한다. 그러나 독자에게 보다 편하게 다가가는 글에서라면 비격식체나 높임의 표현, 준말 표현을 쓸 수도 있다.

표현만 달라지는 것이 아니다. 학술적인 글은 세부 설명이나 사례, 논증을 통해 핵심 내용을 발전시켜 나가야 하기 때문에 한 문단이 긴 편이며 형식적으로도 완결성을 띤다. 반면, 칼럼이나 에세이 같은 글에서는 문단이 짧게 끊어지는 경우가 많다. 또한 직접 인용이 적극적으로 활용되며, 비속어가 사용되기도 한다.

〈착한 딸과 나쁜 딸년〉에 대해 다음 질문에 답해 보자.

---

1. 이 글은 어떤 점에서 이제까지의 글과 구별되는가?

2. 이 같은 차이는 어디에서 드러나는가?

앞 글의 문단 ③을 다음과 같이 문체를 바꾸어 다시 써 보자.

---

② 아, 역시 우리 엄마, 너무 많은 걸 알고 계시군요. 고백합니다. 수많은 당신들처럼 저도 누군가의, 매우 이기적인 가족입니다. 가족 관계도에서 '장녀'라는 위치를 맡고 있는 저는 세상의 모든 딸들이 딱 두 부류로 나누어져 있음을 잘 알아요. 착한 딸과, 나쁜 '딸년'!

≫ 역시 우리 엄마는 너무 많은 걸 알고 계신다. 수많은 이들이 그렇듯, 나도 누군가의, 매우 이기적인 가족이다. 가족 관계도에서 '장녀'라는 위치를 맡고 있는 나는 세상의 모든 딸들이 단 두 부류로 나누어져 있음을 잘 알고 있다. 착한 딸, 그리고 나쁜 '딸년'.

둘째
마당

주제에 대해 생각해 보기

다음에 대해 이야기해 보자.

1. 여러분은 새로운 만남을 좋아하는가?

2. 여러분은 처음 만난 사람과 주로 어떤 이야기를 주고받는가?

3. 새롭게 접한 문화 속에서 낯선 경험을 한 적이 있는가?

훑어보기

다음 글의 제목과 첫 문단, 마지막 문단을 읽어 보자.

내용 예측하기

다음에 대해 상상하여 이야기해 보자.

1. 인디언 축제에서 글쓴이는 어떤 경험을 했을까?

2. '모국어가 침묵'이라는 의미는 무엇일까?

나의 모국어는 침묵

[1] 한국을 떠나 미국의 애리조나 주 투손 시의 인디언 축제에 참가했을 때의 일이다. 티피 ^{인디언 천막} 안에서 인디언 노인들과 흥미 있는 대화를 주고받으리라고 기대했던 나는 아주 뜻밖의 일을 경험했다.

[2] 티피 안으로 들어가 그들과 마주 앉자마자, 나는 내 소개를 하기 시작했다. 나는 글을 쓰는 작가이며, 인디언 세계에 무척 관심이 많고, 잘 부탁한다는 말까지 하였다. 인디언의 철학과 역사를 많이 알고 있다는 것도 넌지시 내비쳤다. 그런데 그들은 아무런 반응도 보이지 않았다. 다만, 허리를 꼿꼿이 세우고 묵묵히 앉아 있을 뿐이었다. 티피 안이 어슴푸레해서 그들의 시선이 나를 향하고 있는 건지 허공을 바라보고 있는 건지도 알 수 없었다. 티피마다 그런 식이었다. 아마도 그들이 나를 불청객으로 여기는 모양이라고 나는 생각했다. 축제에 참석한, 잘난 체하는 이방인의 침입을 부정 타는 일로 여길 법도 했다. 결국, 별다른 대화도 나누지 못한 채 천막마다 구부리고 들어가느라 허리만 뻐근했다.

[3] 얼마 지나고 나서야 나는 그것이 인디언 부족의 전통인 것을 알았다. 누군가를 만나면, 그들은 대화를 시작하기 전에 그렇게 한동안 침묵으로 상대방을 느낀다고 한다. 자기 앞에 있는 존재를 가장 잘 느끼는 방법은, 말을 통해서가 아니라 침묵을 통해서임을 그들은 알고 있었다.

[4] 그 후, 미국에서 돌아와 나는 누군가를 만날 때마다 인디언 흉내를 내곤 했다. 상대방의 존재를 느낀답시고 입을 다물고 5분이고 10분이고 앉아 있었다. 그 결과, 아주 괴팍하고 거만한 사람이라는 평을 들었다. 침묵은 흉내가 아니라, 존재의 평화로움에서 저절로 나오는 것임을 미처 몰랐다.

⑤ 몇 번의 여행을 인디언과 함께하면서 나는 그들에게서 여러 개의 인디언식 이름을 얻었다. 그중 하나가 '너무 많이 말해'였다. 내가 뭘 얼마나 떠들었기에 그런 식으로 나를 부르는가 따지고 싶었지만, 그랬다가는 '너무 많이 따져'라는 이름을 또 얻게 될까 봐 그럴 수도 없는 노릇이었다. 그렇다. 고백하지만, 나는 그들의 침묵에는 턱없이 모자랐고, 그들의 말에는 더없이 넘쳐났다. 나는 이생에서 쓸데없는 말을 너무 많이 하고 살지는 않는지.

⑥ 라코타 족 인디언인 '서 있는 곰'은 말한다.

"침묵은 라코타 족에게 의미 깊은 것입니다. 라코타 족은 대화를 시작할 때, 잠시 침묵의 시간을 가지는 것을 진정한 예의로 알고 있습니다. '말 이전에 침묵이 먼저'라는 것입니다. 슬픈 일이 닥치거나 누가 병에 걸리거나, 또는 누가 죽었을 때, 나의 부족은 먼저 침묵합니다. 어떤 불행 속에서도 침묵하는 마음을 잃지 않습니다."

⑦ 인디언은 여러 부족으로 이루어져 있고, 부족마다 언어도 많이 다르다. 그래서 나는 인디언을 만나면 그들의 언어를 묻곤 했다.

"당신들의 언어는 무엇입니까?"

그러면 그들은 이렇게 답하는 듯했다.

"우리들의 언어는 침묵입니다."

—

류시화, 『작은 것이 아름답다』, 1998년 11월호, 작아.

내용 확인하기

다음 질문에 답을 써 보자.

1. 인디언과 마주 앉았을 때 글쓴이는 무슨 이야기를 하였는가?

_____

_____

2. 인디언들의 반응에 글쓴이는 어떤 생각을 하였는가?

_____

_____

3. 인디언이 글쓴이에게 붙여 준 인디언식 이름은 무엇인가?

_____

4. 인디언들이 대화를 시작하기 전에 한동안 침묵하는 것은 왜인가? 글에서 해당 부분을 찾아보자.

문단 3 : _____

문단 6 : _____

바꿔 쓰기

바꿔 쓰기란 다른 사람이 말한 의견이나 사실을 자신의 표현으로 고쳐 쓰는 것을 말한다. 바꿔 쓰기 훈련은 두 가지 점에서 매우 중요하다. 첫째, 외국인 학습자로서 한국어 쓰기 능력을 키우는 연습 과정이기 때문이다. 원문의 문장을 그대로 가져올 경우 문법적으로 틀릴 가능성은 줄어들 것이다. 그러나 스스로 한국어 문장을 만들어 보고 오류를 수정해 가는 훈련 없이는 작문 능력을 향상시키기 어렵다. 둘째, 바꿔 쓰기 훈련을 하다 보면 '표절'을 피할 수 있다. 물론 바꿔 쓸 경우에도 정보의 출처를 밝혀야 하지만, 남의 아이디어, 남의 표현을 마치 자신의 것처럼 그대로 베끼는 잘못된 습관에서 멀어질 수 있다.

바꿔 쓰기에는 조건이 있다. 원문의 내용을 담되, 문장 구조와 어휘가 최대한 원문과 달라야 한다는 것이다. 그러기 위해서는 다음의 과정을 밟아 나가는 것이 좋다.

---

1. 원문을 완전히 이해하도록 꼼꼼히 읽는다.

2. 읽어 나가면서 자신의 표현을 따로 적어 둔다.

3. 원문은 아예 눈앞에서 치운다.

4. 원문의 내용을 떠올려 글을 바꿔 쓴다.
꼭 필요하다면 원문이 아닌, 자신의 메모를 참고한다.

5. 바꿔 쓴 글과 원문을 비교하여, 원문의 문장 구조와 어휘에서 반복된 것이 없는지 확인한다.

다음은 앞의 글 〈나의 모국어는 침묵〉의 일부를 바꿔 쓴 글이다. 어느 것이 바람직한지 이야기해 보자.

원문(문단 2 의 앞부분)

티피 안으로 들어가 그들과 마주 앉자마자, 나는 내 소개를 하기 시작했다. 나는 글을 쓰는 작가이며, 인디언 세계에 무척 관심이 많고, 잘 부탁한다는 말까지 하였다. 인디언의 철학과 역사를 많이 알고 있다는 것도 넌지시 내비쳤다. 그런데 그들은 아무런 반응도 보이지 않았다. 다만, 허리를 꼿꼿이 세우고 묵묵히 앉아 있을 뿐이었다.

1

티피로 들어가 인디언들과 마주 앉자마자 나는 내 소개를 시작했다. 그런데 그들은 아무런 반응도 보이지 않고 묵묵히 앉아 있을 뿐이었다.

2

티피에서 인디언들을 만났을 때 나는 곧바로 이런저런 이야기로 그들에게 말을 붙였다. 그러나 그들은 가만히 앉아 침묵만 지킬 뿐 내게 아무 말도 하지 않았다.

앞의 글 〈나의 모국어는 침묵〉의 문단 5 를 자신의 표현으로 바꿔 써 보자.

셋째
마당

주제에 대해 생각해 보기

다음에 대해 이야기해 보자.

1. 여러분은 밸런타인데이에 초콜릿을 주고받은 적이 있는가?

2. 여러분이 쓰고 있는 물건 중 외국에서 생산된 물건은 얼마나 되는가?

3. 지구 어딘가, 나와 다른 곳에서 살아가고 있는 사람들은 나에게 무슨 의미일까?

훑어보기

다음 글의 제목과 첫 문단, 마지막 문단을 읽어 보자.

내용 예측하기

다음에 대해 상상하여 이야기해 보자.

1. "피 묻은 초콜릿"(문단 ①)이란 무슨 뜻일까?

2. '윤리적 소비'가 어떻게 전 세계의 빈부 격차를 줄일 수 있을까?

이왕이면 '착한 초콜릿'

① 집 앞 슈퍼마켓을 지나는데 호화롭게 포장된 밸런타인데이 초콜릿들이 요란하다. 인간의 뇌에 직접 영향을 미친다는 초콜릿의 유혹이 시골 동네 골목까지 넘친다. 서양의 한 풍습을 일본 제과회사들이 초콜릿을 팔기 위해 도입하고, 한국 제과회사들과 유통업체들이 거기에 스토리를 붙여 소위 대박을 내고 있는 희한한 날. 사랑을 고백하고 누리는 사람들이야 많을수록 좋다는 게 내 지론이지만, 왜 모두가 한날에 하필 초콜릿인가. 이렇게 물으려다 슬쩍 선회한다. 사랑과 초콜릿. 이 둘은 달콤 쌉싸래한 미감의 측면에서 퍽 잘 어울리는 조합임이 틀림없으므로. 그러니 이 둘의 원초적 궁합은 인정하면서 좀 다른 이야기를 해야겠다. 여자들이여, 사랑을 고백하려고 지금 그대가 사 들고 가는 그것이 피 묻은 초콜릿이라면?

② 알다시피 초콜릿의 원료가 되는 카카오는 원산지가 중남미인데 대규모 재배를 시작하면서 서아프리카로 이동했다. 초콜릿 원재료를 값싸게 수입하기 위해 다국적 기업의 자본이 '가나', '코트디부아르' 같은 서아프리카 나라들에 대규모 카카오 농장을 지은 것이다. 새로운 이야기도 아니지만, 그 카카오 농장에서 일하는 100만 명 중 25만 명가량이 5세에서 14세 사이의 어린이들이다. 카카오나무 묘목을 심고 농약과 비료를 살포하고 코코아를 따고 분쇄하는 그 모든 과정에 학교에 가지 못한 가난한 어린이들의 좌절된 꿈과 피눈물이 배어 있다면 지금 내 입속에서 녹고 있는 초콜릿이 여전히 달콤하기만 할까. 초콜릿을 건네며 우리가 나누는 사랑 고백이 "당신은 내 살을 먹고 있는 거예요"라는 슬픈 눈동자의 코트디부아르 어린이의 중얼거림과 겹치는 것을 생각지 않을 수 없다.

③ 대규모 농장 경영은 어린이 노동 착취뿐 아니라 필연적으로 맹독성 농약을 사

용하게 돼 그 과정에서 생산지의 자연환경은 말할 수 없이 파괴될 수밖에 없다. 주민의 건강을 해치는 것은 물론 그렇게 생산된 작물은 소비자의 건강마저 위협한다. 그리고 노동한 사람 따로, 돈 버는 사람 따로인 불공정무역 구조 속에 피땀 흘려 일한 현지의 농부들에겐 가혹한 푼돈만이 쥐어진다. 한국의 젊은이들에겐 즐거운 날이지만 밸런타인데이의 이면에 서린 슬픔 또한 사실이며 현실이다. 내용은 전혀 다르지만, 〈발렌타인데이의 대학살〉이란 미국 갱 영화의 제목이 떠오르는 날이다.

④ 사실 가난한 나라의 아동 노동이 근절되지 않는 것은 대물림되는 빈곤의 악순환 때문이다. 다른 나라의 빈곤 문제까지 우리가 어떻게 챙기느냐고? 나비 효과를 기억하자. 세계는, 동과 서는, 남과 북은, 당신과 나는 이어져 있다. 인터넷에서 '공정무역 초콜릿'이라고 한번 쳐 보라. 일상의 자투리 시간을 쪼개 조금만 관심을 가진다면 자기 몸집만 한 농약 통을 멘 일곱 살 어린이의 피딱지 앉은 손에 낫 대신 연필과 노트를 쥐여 줄 수 있는 방법이 있다. 그것은 세계를 지배하는 불공정무역의 관행에 균열을 만드는 방법으로, 보통 사람들인 우리가 할 수 있는 '착한 소비', '윤리적 소비'가 곧 그것이다.

⑤ 소비자 개인의 선택에 맡겨지는 '윤리적 소비'가 전 세계 빈부 격차를 줄이는 근본적인 대책이 될 수는 없지만, '개념 있는' 소비를 하는 것만으로도 지상의 누군가를 도울 수 있다는 것은 퍽 근사한 일 아닌가. '공정무역 초콜릿'의 거래량을 1%만 올려도 1억 명 이상의 가난한 사람들이 극심한 빈곤에서 벗어날 수 있다는 통계를 보면 가슴이 뛴다. '착한 초콜릿'이나 '착한 커피'는 한순간의 맛으로 사라지지 않는다. '개념 있는' 소비 취향이 당신을 특별하게 만들 수 있는 밸런타인데이다. 축! 사랑!

김선우, 「이왕이면 '착한 초콜릿'」, 경향신문, 2011.2.14.

내용 확인하기

다음 질문에 답을 써 보자.

1. 카카오는 원산지가 중남미인데 왜 서아프리카 국가에서 가장 많이 생산되는가?

_____

_____

2. 서아프리카 카카오 농장의 노동자 중 어린이가 차지하는 비중은 얼마나 되는가?

_____

3. 대규모 농장 경영이 가져오는 문제점은 무엇인가? 글에서 찾아 한 문장씩 정리해 보자.

(1) 어린이의 노동력을 착취한다

(2) _____

(3) _____

4. 가난한 나라의 아동 노동이 근절되지 않는 것은 무엇 때문인가?

_____

_____

5. "착한 소비"(문단 4)란 무엇인가?

_____

_____

문체 활용하여 바꿔 쓰기

다음은 앞의 글 〈이왕이면 '착한 초콜릿'〉의 개요이다. 자신의 표현으로 빈칸을 채워 보자.

Ⅰ. 밸런타인데이를 맞아 거리 곳곳에 넘치는 초콜릿, 거기에는 우리가
   잘 모르는 비밀이 있다.

Ⅱ. _____

Ⅲ. 아동 노동 문제 말고도 대규모 카카오 농장은 문제가 많다.
   (1) 맹독성 농약은 생산지 주민은 물론 소비자의 건강도 해친다.
   (2) 정작 힘들게 일한 현지인들은 정당한 노동의 대가를 받지 못한다.

Ⅳ. _____

Ⅴ. 세상을 좀 더 공정하게 만드는 작은 실천, 바로 '착한 초콜릿'을 사는
   '개념 있는' 소비다.

칼럼에서는 때로 정중한 구어체를 사용하기도 한다. 위의 개요를 참고하여 〈이왕이면 '착한 초콜릿'〉의 내용을 두세 문단으로 바꿔 쓰되, 독자에게 이야기하는 형식으로 써 보자.

밸런타인데이. 당신도 연인에게 줄 초콜릿을 고르고 계시는군요. 하지만 혹시 알고 계세요? 초콜릿에는 우리가 모르는 비밀이 있답니다. _____

_____

_____

_____

_____

_____

_____

_____

넷째
마당

여러분은 다른 사람에게 어떤 존재인가?
혹은, 다른 사람은 여러분에게 어떤 존재인가?
타인과 나의 관계를 성찰하는 A4 한 장 정도의
글을 써 보자.

❶ 발상하기

브레인스토밍을 통해, '타인과 나'에 관련된 아이디어를 생각나는 대로 나열하고
관련 있는 것들끼리 연결해 보자.

1. 지금 여러분에게 가장 중요한 관계는 무엇인가?

2. 여러분은 누군가와 깊이 연결되어 있다고 느낀 적이 있는가?

3. 나와 다른 곳에서 살아온 사람들에게 새롭게 깨달음을 얻은 적이 있는가?

나열한 대상 가운데 가장 적합한 것을 골라 화제를 결정하자.

❷ 핵심 아이디어 정하기

결정한 화제에 대하여 자신의 생각을 한 문장으로 써 보자.

❸ 이야기 구성하기

글의 시작과 중간, 마무리를 어떻게 할지 흐름을 잡아 보자.

❹ 글감 찾기

각 구성 단계에 활용할 다양한 에피소드와 사건, 느낌 등을 나열해 보자.

❺ 개요 작성하기

각 문단에 어떤 내용을 배치할지 결정하고, 뒷받침할 글감을 선택하여 정리해 보자.

❻ 초고 쓰기

개요에 따라 초고를 써 보자.

❼ 제목 붙이기

글의 내용에 어울리는 자신만의 제목을 붙여 보자.

❽ 수정하기

다음 질문에 따라 초고를 평가하고, 부족한 부분을 수정하거나 다시 써 보자.

항목	세부 항목	아니오				예
총평	이 글을 또 읽고 싶은가? (매력적인 글인가?)	0	2	4	6	10
첫인상	제목이 흥미롭고 전체 내용을 압축하고 있는가?	0	2	4	6	8
	첫 문장이 흥미로운가? (계속 읽고 싶었는가?)	0	2	4	6	8
주제	주제를 한마디로 정리할 수 있는가?	0	2	4	6	8
	글의 주제가 새롭고 흥미로운가?	0	2	4	6	8
논리	글의 요지가 글 전체에 분명하게 드러나는가?	0	1	3	4	6
	적절한 예와 근거가 제시되어 있는가?	0	2	4	6	8
구성	각 문단이 적당한 길이로 나뉘어 있는가?	0	0.7	1.5	2	3
	각 문단의 주제문이 쉽게 정리되는가?	0	0.7	1.5	2	3
	머리말이 글의 주제와 내용을 암시하고 있는가?	0	1	2.5	3.5	5
	본문의 내용이 마지막에 잘 마무리되고 있는가?	0	1	2.5	3.5	5
	다음 문단으로 자연스럽게 넘어가는가?	0	1	2.5	3.5	5
문장	주어와 서술어의 호응이 정확한가?	0	2	4	6	6
	하나의 문장에 하나의 생각이 담겨 있는가?	0	1	2.5	3.5	5
	다양한 연결어미가 적절하게 쓰이고 있는가?	0	2	4	6	6
어휘	어휘의 쓰임이 정확한가?	0	0.7	1.5	2	3
	어휘와 표현이 다양하게 사용되고 있는가?	0	0.3	0.5	0.7	3

점수	평가	어떤 부분을 수정·보강해야 할까?
0~35	새로 쓰는 게 나음	
36~55	대폭 수정해야 함	
56~65	어정쩡함	
66~75	내용과 형식을 보강해야 함	
76~85	섬세한 마감이 필요함	
86~100	더 배울 게 없음	

나를 위한 글쓰기 – 외국인을 위한 글쓰기 1
ⓒ 김진해·호정은·권오희 2012

1판 1쇄 2012년 2월 28일
1판 5쇄 2020년 3월 23일

지은이 김진해·호정은·권오희
펴낸이 강성민
편집장 이은혜
마케팅 정민호 김도윤 고희수

펴낸곳 (주)글항아리 | 출판등록 2009년 1월 19일 제406-2009-000002호

주소 10881 경기도 파주시 회동길 210
전자우편 bookpot@hanmail.net
전화번호 031-955-2696(마케팅) 031-955-2670(편집부)
팩스 031-955-2557

ISBN 978-89-93905-90-8 03800

이 도서의 국립중앙도서관 출판시도서목록(CIP)은
e-CIP 홈페이지(http://www.nl.go.kr/ecip)에서 이용하실 수 있습니다.
(CIP제어번호: CIP2012000656)

자료 게재를 허락해주신 분들께 감사드립니다. 미처 허락을 구하지 못한 글이 있습니다.
연락이 닿는 대로 절차를 밟고 사용료를 지불하도록 하겠습니다.